人間になるための時間

曽野綾子 Sono Ayako

小学館新書

まえがき

よく、小説はどれだけあなたの実生活を書いているものですか？　と聞かれる。こういう体験で答えればいいかもしれない。

一九八三年、私は取材のためにマダガスカルの田舎町に滞在していた。そこで働く日本人シスターの厳しい生活を毎日見て暮らした後で、私は帰国のために首都へ戻った。首都アンタナナリボのホテルで私は知人の日本人商社マンに会った。

その人は作家としての私の生活を素早く推測できる人だったので、私に尋ねてくれた。

「このホテルの上に、カジノがあるんですけど、行ってみました？」

私は、博打というものにあまり興味がないので、行っていません、と答えた。しかしそう言う傍らで、私は、今度書く小説の主人公は、どうせいい加減な性格だから、カジノくらいは行くことになるかもしれない、この際やはり見ておくべきかな、と思い直していた。私は取材に行く時は、ほとんど毎回、作品の筋をかなり細部まで決めてからでかけるのである。

カジノは最上階にあった。エレベーターの中で私は、「もし当たったら、私はシスターの働いているあの貧しい産院に寄付しなければなりませんね」と誰に向かってともなく、「空約束」をした。

その商社マンは常日頃、実の弟のようにシスターの仕事を陰で手伝っていることを私は知っていた。

そのカジノは、客一人いない、暗くて田舎臭い空間だった。私はやっと一万円分だけチップを買い、二、三回ルーレットに賭けてすぐ引き上げるつもりだった。どうせ賭けというものは、客は儲からないようなシステムになっているのだから、擦《す》るのもあっという間だろう、と思ったのである。しかしこの時ばかりは不思議だった。私はたった二回だけルーレットで賭け（それ以外の遊び方を知らなかったからだ）、二度とも、何一つ無駄な目に張ることなくすべて当てた。これは奇跡に近い確率だといわれる。

けちな私はそれで勝負を止《や》め、自分の掛け金の一万円だけはちゃっかりとポケットに戻して、残りの儲けの分すべてを、心の中で神に約束した通り、シスターの修道院に寄付した。とは言っても掛け金の上限がほんの少額に決められた賭場だったので、儲けはこれまた信じられないくらいささやかなものだった。

その話を、私は『時の止まった赤ん坊』という小説の最後の部分に使うことにした。神さまは普通教会にいらっしゃるものとなっているが、時にはカジノにもいらっしゃって、私のような不心得な人間に、こんな形でお金の使い道を強引に教えてくださっているものだと私は解釈したのだが、その事実を、私は小説の中ではかなりねじ曲げた形で使っている。

こんなことを書いたのは、今回のような引用集を作る時、読者は普通、私のエッセイの中から引くことが多いのだろう、と思っているらしいが、今回に限り、編集者は、読むのに恐ろしく時間が掛かるはずの私の長編の中からも、たくさん引き出してくれた。この編集者は実に、短期間に何千枚、もしかしたら、一万数千枚もの小説を読んだのである。

私自身が、誰よりも、その仕事がどんなに大変だったか知っている。眼も疲れただろう。肩も凝ったに違いない。お詫びの言葉もない。そのうっとうしい仕事に敢《あ》えて挑んでくれた担当者に私は深く打たれたのだが、私は恥ずかしがりで図々しい性格でもあるので、面と向かっては、お礼の一言も言わずに済ますつもりである。

作家は、意外と小説の中でこそ大胆に、その心を明かしている。社会的に非常に有名で高い地位にいる人たちは、普通の発言は恐ろしく慎重で口が固い。しかし趣味の短歌や俳句の創作の場では、まるで人が違ったようになり、読者がたじろぐほどのあからさまな言葉で心のうちを語るのと、一脈似たところがあるのかもしれない。

今回たくさんの長編の片々だけでも、眼に留めていただけたのは、本を作るという作業に関して完全な玄人《くろうと》の精神を示したこうした編集者の力だということを、まえがき兼感謝の言葉として述べておくことにする。

二〇一四年八月

曽野綾子

人間になるための時間　目次

第二章　大人の振る舞いはどうあるべきか 63

第六章　死について考える　175

第一章

限りある日々をどう生きるか

【学ぶ】

1 楽しければ何歳だろうとそれが適齢

ギリシア語の「ヘリキア」は寿命、その職業に適した年齢、身長という三つの意味を持つ。その仕事に適した年齢を考えると、老年に有利というものがあるのである。読書や、哲学をすることのヘリキアは、老年にある。人の心を摑《つか》むことも、まさにそうである。しかし語学はどうだろうか。言葉を覚えるという能力は、満九歳から十三歳くらいまでが最も学ぶのに適しているという研究の結果がある。だから、たとえば、九十歳になって、ロシア語を学び出す、ということは、あまり能率のいいことではないだろう。しかし「それが楽しければ」何歳になって何を学び出してもいいのである。

「完本　戒老録」

2 人間が考えてきたものはどれも古くて新しい

私は別に道徳的な人間ではありません。ただ道徳などというものは現代ではもう時代遅れ、などという言い方にも浅はかな気取りを感じます。人間が考えてきたものは、どれも古くて新しくておもしろくて退屈なもののような気がしていますから。そこから、私たちは何でも好きなように、自分の趣味を生かして選べばいいのです。

「天上の青　下」

3 わかっているふりをしない

この人は、皆がわかっているふりをしている時でも、少しでも不明な点があれば徹底して質問する。こういうのが、本質的に教養のある人だということが、はたからじっと聞いていると猫にもはっきりわかる。

「ボクは猫よ　2」

4 玄人《くろうと》の知恵を見て歩く

四十年以上、海のそばの農村で週末を暮らすのを楽しみにしていたせいか、私は次第に畑に関する知識を蓄えた。もっとも口だけの物識《ものし》りで、鍬《くわ》を使ってみなさいと言われたら、畝《うね》の幅で一メートル耕しただけで、疲れきるという情けなさである。

しかしありがたいことに、農業というものは、他人の目に隠せない。私は散歩しながら、作物はどういうふうに育てるのかずっと見て歩く習慣がついた。ブロッコリーを初めて植えた時は、当てずっぽうで株の間隔を決めて植えてきたのだが、散歩の時、玄人《くろうと》の農家のブロッコリー畑で、私の植え方がさして間違っていなかったのを確かめてほっとしたものであった。

「安心したがる人々」

5 人は退屈すると創造的になる

祖父《じい》ちゃんによると、どんな人にも文字通りの意味での、独創的再生産の癖をつけるには、一つだけしか有効な方法はないんだそうです。

「何だろう?」

僕が考えていると、祖父ちゃんはこともなげに言いました。

「退屈さ。人は退屈さえすれば、たいていいましになる。どうだ。いいだろう。退屈には一円の金もかからないのにクリエーティヴ（創造的）になるんだから」

「非常識家族」

6 テレビのオペラ観劇では、教養は身につかない

オペラを観る、という行為をとって、それが娯楽か教養かを考えてみることにしよう。オペラの筋を知り、それが書かれた背景に通暁《つうぎょう》し、その旋律《せんりつ》を楽しみ、歌い手のその日のできを批評する、ということが、目的とは言え、生の上演とテレビの放映とは全く違うと私は思う。

それは生きのいいイワシの煮つけと缶詰のイワシとの差だ。缶詰はいつ開けても同じ味だが、生のイワシを煮るということは全く別の行為なのだ。イワシを買いに行き、その鮮度を見確かめ、自分の好きな味に煮る。玄人ならいざ知らず、素人のおかず作りは、その日その日が勝負という緊張がつきまとう。

本当の教育というものは、すべて生のものでなければならない、と私は思っている。生ということは、それを手に入れるために、金銭、労力、心遣い、時間などを見返りに

払うことである。

「言い残された言葉」

7 荒野から生きる知恵を学ぶ

「地の民《アム・ハアレツ》」と蔑《さげす》まれて生きてきた私たち羊飼いは、誰も読み書きはできなかった。私たちは放牧して歩いているのだから、町に住む人たちのように会堂《シナゴーグ》や学校で学ぶ機会などあるわけがないのだ。私たちは町など、ほとんど見たこともなかった。私たちは荒野から生きる知恵を学んだ。私は風から竪琴《たてごと》を習った。

「狂王ヘロデ」

8 勉強はしょせん独学

「バカを言うな」

山本正二郎はすさまじい勢いで言い返した。

「お前らのような奴《やつ》に、そんなに懇切丁寧《こんせつていねい》に教えてられるか。それに高校にもなったら、自分で調べりゃいいんだ。勉強はしょせん独学と思え。私なんか、中学以来、身に付いたのは、全部独学によってだ」

「太郎物語 高校編」

【読む】

9 読書の習慣を持つことが知的生活の第一歩

「じゃ知的内面生活のある人、って、どんな暮らしをしているんですか？」

と聞かれたことがある。

単純に答えれば、少なくともそういう人たちは、まず読書の習慣を持つ。それゆえに、或る程度の基本的知識を持っている。インターネットやホームページの知識と、書物による教養とは全く別のものである。知識だけでなく、教養もあれば、その結果として、人間を見る眼も自然にできる。正しい日本語も自由に使えるようになるはずだ。

「言い残された言葉」

10 生気に満ちた老人になるには

生気に満ちた老人になるのは簡単だ。若い時からきちんと勉強し続ければいいのである。頭がいい悪いは問題でない。怠け者の秀才と、勤勉な鈍才がいたら、おもしろいことに、老年には、勤勉な鈍才の方がずっと魅力的になっているはずだ。その方法は簡単で、若い時から本を読み続けることなのである。

エステや美容整形に熱心な人は多いらしいけれど、精神の栄養を補給しようとしない人は心が早々と萎《しな》びてくる。それを防ぐ心の美容について案外気にする人が少ないのは不思議である。

「幸せの才能」

11 人間の精神や感性は文字を読むことで磨かれる

私は漫画を一概に悪いとは言わない。漫画の中には、小説の名短編に匹敵するものもある。しかしそうじて安易なストーリーを追うものとして、私の幼い頃、漫画に耽溺《たんでき》することは禁じられた。文字を読み、その印象を、自分で視覚的心象風景に置き換える。

その操作が人間の精神、魂、感性などを掘り起こし磨きあげる過程に必要なのである。

「言い残された言葉」

12 古典を読む

太郎は、机の前に座り、脇息《きょうそく》にゆったりと、身をもたせかけた。

「悪くねえなあ」

太郎はつぶやいてから、暗唱した。

「憐《あは》れむべし薄暮《はくぼ》の宦遊子《かんゆうし》

独り虚斎《きょさい》に臥《ふ》して思ひやむなし

家を去りて百里帰るを得ず

官に到つて数日秋風起る」

「誰だい、それは」

と、久男は尋ねた。

「高適《こうてき》さ」

太郎は言ってから、どうもこの間から、きちんとした職業に就けない性格の人ばかりを好きになるわい、と思った。高適は渤海《ぼっかい》の人で、科挙の試験などものともせず、博徒《ばくと》などとばかり、付き合っていた、いわば遊び人であった。一生何もしないかと思っていたら、五十歳になってから、突如《とつじょ》として詩を作り始め、しかも、非凡な才能を示した。夢があっていい話だなあ、と太郎は思うのである。太郎は「ゲンコク」といわれる現代国語や現代文学は一向に知らないが、古典は一人でよく読むのである。

「太郎物語　高校編」

13 小説に出てくる卑怯《ひきょう》な人物

私が自分以外の生き方を知ったのは、親たちの話以外に読書だった。小説の中には、卑怯《ひきょう》な人物がたくさん出てくる。それが生き方の反面教師として私の人生を彩った。少なくとも、人生にはこんなにたくさんの選択肢があるのだということを見せつけられた。

「謝罪の時代」

14 作者名を消してみる

「辰君に教えてあげる。その作品が、いいか悪いかを決めるのは簡単なんだよ。小説でも和歌でも、作者名を消してみればいいんだ。それで読んでみて、いいものはいい、悪いものは悪い。一人の作者でも、いい作品はいい、悪いものは悪い。総なめに、いいとか悪いとか、決めることはないさ。それともう一つ、決定的な批評というのはない。自分の眼も、批評家の眼も、共に絶対に正しいと思うべからず」

「太郎物語 大学編」

15 最高のホテル

友衛が旅行中にホテルに着いて何よりもまず気になるのは、書き物机と枕元の読書灯だった。たとえ何も書く仕事を持ってきていなくても、机の面積や電気スタンドのあるなし、それから机と椅子の高さも問題だった。無理して原稿を書いたけれど、低すぎる椅子を我慢していたので、肩がめちゃくちゃに凝ったこともある。それから、枕元の読書灯のあるなしも、問題だった。多くの旅人は、寝る前に本を読むという習慣が全くないように見える。或《ある》いは、照明はあっても暗すぎて読書の意欲を奪われる場合も多い。しかし友衛にとって、寝る前の読書は食事と同じくらい必要なものだった。

「よかった。ここの灯《あかり》は最高だよ。これなら、ずっと寝ながら本が読める。ありがたいなあ」

部屋の使い勝手を心配して部屋についてきてくれた原に、友衛は礼を言った。

「書けるし読めるし、僕にとっては最高の宿だよ」


「アバノの再会」

16 役に立たない読書

役に立つ知識、或いは知識を役立てる、というような考えこそ、猪山大一郎にとって、虚《むな》しい貧しいことはないと思う。わざと、知識や読書の結果を隠しているのではない。猪山大一郎は自分がそれほどの物識《ものし》りだなどと思ったこともない。ただ自分は会社の仕事と直接関係のない本を読むし、そのようなものは、実生活に決して「役に立つ」などという代物ではないから、知っているという素ぶりを見せたくないのである。仕事と関

係のない、むだな読書をする、という点では、大一郎は妻の三紀子から、
「そんな下らないもの読む暇があったら、勉強なさいよ」
とかねがね、非難されているのだ。

「円型水槽　上」

17 外界に触れて読書は一層楽しくなる

今私は読書が楽しくて仕方がない。十代に読んだ小説を初めて読むような発見と感動で読んでいる。作家でも誰でも、人間的である、ということは、雑然としていることであろう。書斎と外界、体験と読書、強さと弱さ、純と不純、その双方がないと、いい意味でも悪い意味でも人間らしくなれない。

「生きるための闘い」

【書く】

18 よく見せたいという気持ちを持たず、自由な心で書く

「母の遺書を二晩かかって何度も読み返しました」

「すばらしい文章ですのね、衒《てら》いもなく、無理をしていらっしゃるところもなく、淡々としていらっしゃるように見えながら、温かくて人生に何のむだもないんですね」

「母は昔から本当に心の自由な人でした。作文は昔から苦手だって言ってましたけど、よく思ってもらおうという気がないから、何でも書けるんだと思います」

「時の止まった赤ん坊」

19 気持ちを表す言葉

私は思った通り書くことにしてるの。第一、できあいの言葉じゃ気持ちを表せないような気がすること多いもの。

「太郎物語　大学編」

20 手紙の意味

日記風の手紙でも時々書いておけば、来年、帰国した後、自分は決して今日子のことを忘れていたわけではない、という証《あかし》にはなるだろう。さしあたり出すあてのない手紙などというものを、男の加納は書いたことがなかった。しかし後で読むにしても、今日子はやはり嬉しくないことはないだろう。その時もまだ入院生活を続けていれば、少なくとも退屈凌《しの》ぎにはなり、ほんの数分でも、自分の病気のことを忘れられるだろう。

「陸影を見ず」

21 書き続ければ

成長は年齢とも、身体的能力とも、学歴とも関係ない。体験や訓練がその仕事に才能のない人でも成長させるという事実は、誰もが知っている。

私は今までに四百字詰めの原稿用紙で十五万枚は書いた。どんなに作文の才能がない人でも、それだけ書けば自由に表現ができるようになる、と言っている。その遅々とした変化が成長というものだろう。

「幸せの才能」

【話す・語る】

22 知的な会話は幸福をもたらす

彼女は一瞬一瞬を大切にして生きている人ですから、昨夜の会食をとても喜んでいました。先生がいらしてくださったおかげで、私一人の時よりずっと知的な会話が楽しめた、それはこの世で考えられないほどの幸福だとさえ言ってくれました。

「アバノの再会」

23 月を観て語る

宇佐美が今日、観月会《かんげつかい》に呼び集めた特殊な顔ぶれの人たちは、月を観に来るようでいて本当は月が目当てでもなく、語ることを目的とするようでいて実は語るのも虚《むな》しいことを知っている。虚しいが魂を酔わすことだけはわかっている。

「観月観世」

24 贈り物より言葉がいい

「逸っちゃん。私この頃、別な心境になったのよ。黙ってるけど実は真心があるなんて嫌いになった。嘘でもいいから、優しい方がいいの。財産狙いでもいいから、訪ねてきてくれる方がありがたいのよ。私ね、優しい言葉が本当に好きになった。口先だけでもいいの」

「あんたは、それ、稔ちゃんに当てつけて言ってるの？」

菜穂は黙っていた。

「稔ちゃんだって、私がニューヨークに行った時、あんたへのハンドバッグ言づけて寄越したじゃないの」

去年の冬、確かに菜穂はそれを受け取り、実の息子にていねいな礼状は出したのであった。

「でも、私は贈り物より言葉の方が好きよ」

「アレキサンドリア」

25 ののしり合うのはすばらしい

「うちのおやじとおふくろ、というのは、君も知ってるけど、言葉の貧しい人たちなんだ。僕もそうだけど」

「君はそうじゃないよ」

「善《よ》く言えば、彼らは、それぞれに躾《しつけ》を受けすぎていたんだ。自分の思ったことを、言うんじゃなくてね、言うべきことを言うように育てられてきてるから」

「でもいいじゃないか。彼らなりに、つまりきれいに別れたんだろ」

「ああいうのをきれいと言うのかな」

「世間では、きれいと言うんだ。裁判にもち出したり、とっくみ合いの喧嘩《けんか》したりしないからね」

「僕はね、とっくみ合いしたり、ののしり合ったりする喧嘩って、すばらしいと思うね」

「太郎物語　大学編」

26 言葉は人を表す――「幸福」は女言葉

「幸福とか、幸せとかいう言葉は、男はあんまり使わないね。女言葉だなあ、今、わかったよ」

「どうして使わないのかしら」

「それはつまり、過去形か未来形にしかならないからでしょう。現在、完全に幸福だという人は、まあ例外的にしかいないから、幸福という言葉は、常に過去の思い出の中か、未来の夢として語られる。ところが、男はわりと、現実を語るのが好きだからね」

「神の汚れた手 上」

27 無口は罪

「君の結婚相手が無口で誠実な人だからいいだろう、って、お父さんが言ったことに、僕ひっかかるな」

「お父さんはいろんな船員さんと船に乗ってたから、職場でしか見せない顔じゃなくて、裏の顔まで長い間見てきたでしょう。だから人間は外見や態度じゃなくて、口は下手でも、やることをちゃんとやる人がいいって思うようになったのよ」
「君のお父さんには悪いけど、僕その言葉自体も疑うな。無口で誠実な人なんて、どうしようもないことくらいお父さんは知ってたと思うよ。よく天下の秀才大学を出た医者で、始末の悪いのがいるんだから。そいつら、自分は頭いいけど患者はばかだ、って思い込んでるんじゃないかと思うね。そんなばかに病気の説明したってしょうがない、って思ってるのかどうか知らないけど、質問しても返事もしないし、出してやった薬黙って飲んでろ、って言わんばかりなんだ。そんな無口な奴《やつ》が誠実でいい人かな。僕、徹底して黙ってる人って総じて嫌だね。この手の医者と似てるもの。自分は無口で誠実で有能だ、って自信持ってるとしたら、なおさらいただけないよ」

「夢に殉ず」

28 日本語の崩壊は、日本人の精神性の崩壊を意味する

現代の日本人はもはや読み、書き、会話を駆使できる日本語の使い手ではなくなっている。その理由は私には明瞭だ。まず人間と、その人間が引き起こす事象に対する興味

がない。子供の時から機械とばかり遊んでいるから、人間同士が心に立ち入る行為の楽しみも苦しみも知らない。家庭内でも、親と子の会話の機会が極度に減っている。そうした精神的に貧しい生活は、語るに充分な内容の発見とその表現力の双方の訓練を怠り、人間関係に慎ましさという名の緊張も持たない人が増えた結果である。言語が崩れたということは、日本人の精神性の内部崩壊がかなりの程度進んでいるということだ。

「安心したがる人々」

【知る・見る】

29 外に出て得た知識は生の素材

鬱《うつ》病時代の私は、ひたすら書斎で「知的生活」をしていた。しかし治ってからの私は、書斎だけにいる作家生活をしないようにした。毎日料理をしたり、畑に出たり、ボヤキながら雑事をおもしろがることにした。さらに書斎を出て、危険な土地にも行くようになった。

書斎で得る本の知識は一応完成品である。出ていって得た知識は生の素材だから、どんなふうにも自分で料理できる。というより処理しなければ使えないのである。
それ以来、私は、書くことがなくなったことはない。

「生きるための闘い」

30 見えない所で何が行われているかを知っておく

私がサバイバルの技術に執着するのは、人が死ぬような時にも、何とかして自分だけは生き残りたいと思っているからではない。人間が生きるということは、自分の生存を可能にしてくれているシステムを、常に根元から把握していることが必要だと思うからである。言葉を換えて言えば、原始的に生きていけない人間は、思想を語る資格もないかもしれない、と思うのである。せめて、文明の恩恵を受けていても、自分が生きていられるのは、見えない所でどのようなことが行われているかを常に自覚していなければならない。その意識が人間の感覚のバランスを失わせないのだ、と思う。

「ほくそ笑む人々」

31 物事の初めから終わりまでを把握する気持ちよさ

昔、若山富三郎、勝新太郎の兄弟が、川の流れを、源流の雫《しずく》から河口の大きな水量までを得意の三味線で弾き分ける、という話を聞いた時、私は自分が世間の実力者だったら、お座敷に二人に来てもらって一度その演奏を聴いてみたい、としみじみ思ったことがあった。私は昔から運動神経がないし、とても川の源流の最初の一滴を見られる場所までは辿《たど》り着けない。しかし一滴の水が大河になる姿を三味線ででも想定できたらすばらしいだろう、と感じたのである。

物事の初めから終わりまでを、自分の意識の中でできるだけ確認しているということが私は大変好きであった。物事の筋を通して見ているようで気持ちがいいのである。

「謝罪の時代」

32 目をそらさずに真実を見る

茜は看護婦という職業柄《がら》、多少人よりこういうことを見る下地ができてはいたが、それでも意図的に鶏を屠《ほふ》る時は、できるだけ避けないで見ることにしていた。それは、逃げないためであった。かわいそう、と言いながら、殺すところは見ないで食べることは平気、という人にならないためであった。この意識の不連続を利用して、人間は思い込みだけの優しい人にもなれるし、戦争もできる。

「時の止まった赤ん坊」

33 安泰とは何も知らないということ

「でも、昨日はしみじみ思ったの。私は、夜というものさえ、よくよく味わったことがなかったんだな、って」

「海もでございますよ。川も、木も、知りませんわ。稲も、お薯《いも》も……」

「高木夏子さんが、海を知りたい、って言ってたけど……。私たち、何も知らないままに一生を終わるようにさせられてるのね。安泰な一生ということは、何も知らないということなのよ」

「残照に立つ」

34 立ち入った質問

「もう一つ、立ち入って質問していいかしら」

「どうぞ」

「水で洗うでしょう。そうすると、後、濡れちゃうじゃないの。布か何かで拭くの？」

「拭く人もいるでしょうけど、拭かなくてもいいんですよ」

「拭かないの？」

「そうです、濡れっぱなし」

「あら、だって、寒いわ」

「原則として、こういう習慣はあまり寒くない土地で行われていることが一つ。もう一つは、着ているものの構造が違うんです。つまり、下着をあまりつけないから、濡れっぱなしにしといても、すぐ乾くんです」

「ああ、それでよくわかったわ。こういう話ね、お上品ぶって途中で質問やめとくと、永遠にわからずじまいなのよね」


「太郎物語　大学編」

35 何を見せなかったかにも意味がある

それでうちの小母《おば》さんが〝今度初めて中国を訪問させていただきますが、どういうところを注意深く見てきたらいいでしょうか〟とその人物に尋ねた。そしたら、その何国人ともわからぬ人はにやりと笑って〝ミセス阿野、向こうが見せようというものはもちろんごらんになってくればいいけれど、それは大して重要ではない。先方が何を見せなかったか、ということに、意味があるのです〟と言った。それから彼は〝これは中国に関してだけではありません。報道というものすべてに通じる鉄則ですが〟と言った。僕から言わせれば、報道ばかりじゃありませんな。人間観察はすべてそうです。言ったことも能弁だけれど、言わなかったことも能弁ですからね。

「ボクは猫よ　2」

36 好奇心は旺盛でも、噂話《うわさ》だけは別

人でもものでも出来事でも、凡《およ》そ好奇心の対象にならないものはない。だからと言って噂話《うわさ》が好きではないのだ。噂話はしばしばでたらめで、本気になって考えるほどの人

生の厚みを持たない。そうした作り話なら、作家の方が本職なのである。

「二月三十日」

【料理をする】

37 毎日料理をすることと、時々旅をすること

何かまなじりを決して老いと立ち向かうのは、私の趣味ではない。ごく自然に、遊び半分に魂の老化、精神の錆《さ》びつきを防ぐ方法はないかと考えていたが、最近、それこそ二つの鍵だ、と思えるものがわかってきた。

何ほどのものでもないのだ。毎日料理をすることと、時々旅をすることである。二つとも、考えようによれば、誰でもがしている暮らしであり遊びである。

料理は、動物としての人間の当然の義務である。動物は毎日、自分で餌《えさ》を見つける。ライオンの雄は雌に狩りをさせて、その獲物を食べているというが、動物は毎日、餌を食べることに時間を費やして当然だ。金を出して調理されたものを買ってきて食べると

いうのは、動物の生き方としては異常なのである。

「謝罪の時代」

38 健康の基本は、家で調理した食事と平凡な苦労

私は今でも、ボタの長寿は私が餌《えさ》を調理をしてやっていたからだ、と思っている。そして夫は「飼猫でも幾分かのストレスは大切なんだ」と言い、自分が自然にボタを苛《いじ》めたりからかったりして相手をしてやっていたからだ、と言う。

そのどちらも、確かに人間の長寿と関係あるだろう。家で調理した食事が健康の基本でもあろうし、猫であろうと人であろうと、平凡な苦労があってそれに耐えながら笑えることもまた必要なのである。

「すぐばれるようなやり方で変節してしまう人々」

39 人生すべての出来事が、おいしいスープの素になる

人生ですべての出来事が「取りようによってはよいものだ」と思える人は、冷蔵庫の

残り野菜をすべて使って、おいしいスープを作れる人に似ている。まとまった料理には使えない屑《くず》野菜がたくさんあるからこそ、複雑なスープの味が出るのだが、「屑野菜は捨てて当然」と思う人は、決してこの手の野菜スープは作れない。

「謝罪の時代」

40 料理の秘伝を教わるこつ

煮魚はむずかしいという人もいるが、私は煮魚くらい楽なものはないと思う。煮汁の味を整えて魚を入れ、落とし蓋《ぶた》をして十分も待てば自然にできるのだから、こんな楽なものはないのである。

私は煮魚をすると、後ですぐおから炒《い》りを作った。葱《ねぎ》やゴボウや人参《にんじん》を細かく切って、揚げ油として数回使ったことのある古い油で炒《いた》める。この古油を使うのがこつだ、ということは、或る民宿の奥さんに教えられたものであった。料理学校など行かなくても「おいしいですねえ」と褒《ほ》めれば、たいていの人がすぐに秘伝を教えてくれるのが我が日本人の美点である。

「安心したがる人々」

41 人に食べさせることの偉大さ

「でも、ベレンコがカツ丼を喜んで食べた話は九十パーセントまでほんとだと思いますね。なぜって、このてんぷら屋は今でもベレンコの話をしては、それを励みにてんぷらを揚げてるんですから」

「誰がおいしいと言ってくれたって、料理人は嬉しいものなのよ。死刑囚が食べたと言っても、よかったと思うもんだと思うわ」

「おもしろいもんですね。人に食べさせる、ってそれほど偉大なことなんですね」

「ご飯食べて行く?」

私は普段めったに言わないことを斎木に言った。

「一枚の写真」

42 懐石の精神は生活の基本姿勢

「今日は何を作るの?」

「ミラノ風懐石よ。つまりあるものを並べるだけ。先生知ってます? 懐石の精神は、空腹を凌《しの》ぐだけの簡素なものでなければいけないの」
「けっこうですよ。それが生活の基本的な姿勢だよ。何か手伝おうか？」
「アバノの再会」

【旅をする】

43 アクシデントも含めて普段とは違う体験をする

旅行というのは、普段の生活とは違ったことをすることである。というか普段通りの生活を初めから守れない、ということが前提になっている。

それは生活のあらゆる面に及ぶ。食事も自分で持参すれば別としてあてがいぶち。清潔の度合いも保証しかねる。お風呂も毎日決まった時間に入れるとは限らない。暑さ寒さも、全く予期できないほどの急激な変化でやってくる。

あらゆる国が日本より事務的ではないから、来ると思っていた観光バスが来なかったり、故障したり、飛行機会社がストをしたりすることはざらである。さらに預けた荷物が紛失して出てこないということもよくあるから、大切な薬は肌身離さず持って歩くくらいの疑いと知恵が必要になってくる。
それらをも含めて体験することが旅なのだ。だからそれが嫌な人は、初めから日本の自分の家から出ないことなのだ。

「正義は胡乱」

44 旅の最高の収穫は、会うこともなかった人たちと友人になれること

旅は、せいいっぱい用心はしても、心の奥底のどこかで死んでも仕方がない、と思って行くべきものなのである。人生で対価を払わずに手に入るものは、何もないのだから。
そんなふうにして巡礼の旅に来た人たちの最高のものは、今まで会うこともなかった地方の人たちと友人になれることである。

「すぐばれるようなやり方で変節してしまう人々」

45 外国で食べ物の心配をしない

人は何と多くのことを恐れるのだろう。翔は、その土地へ行けば、その土地のものが最もおいしいはずだと思う。その土地がその食べ物を生み、それでそこに住む人間を生かしてきた。その食べ物が、風土にも人間にもしっくり合っていなかったら、住民は既に死に絶えていたはずなのだ。

「夢に殉ず」

46 楽園でない世界を知る

「このしつこい雨のおかげで、僕はここの土地が好きになったな。底意地悪くて、油断できなくて、おもしろいよ」

「そう？」

「そういう土地じゃないと、濃厚な人生はないよ」

「そうですね。油断がならないような土地だったら、生き延びることに気を取られて、生活の不幸なんて減るのかもしれないわ」


「アバノの再会」

47 本当の心躍る瞬間とは

「少しばかりほっとするんですがね、アフリカを出る度に。だから僕はクリスチャンじゃないけど、旧約聖書の『出エジプト記』(モーゼがイスラエルの民を率いてエジプトを脱出した経緯《いきさつ》を書いた記録)が実によくわかるんですよ。

しかし同時に、日本に帰るとこれだけ心躍らせる事件があるかと思うんですよね。いいことやぜいたくには、あまり心躍らないんだな、僕は。悪い事や煩わしくない事から逃れた時の喜びというものが、本当に心躍る瞬間なんだけど、日本にはそう度々その手のものがないですからね。

しかしこの国やあなたがいた国には、日常茶飯事にそれがあるんですよ」

「哀歌　下」

48 創意工夫も旅の楽しみ

通りがかりのマーケットで色ピーマンとトマトを買い、持参の鋏《はさみ》で刻む。日本から持っていった蟹《かに》か帆立て貝の缶詰一個を加え、日本のマヨネーズに、チェコで買った上等の岩塩を少し加えれば色鮮やかな海鮮サラダができる。ドイツにもフランスにも東欧諸国にも、蟹や帆立て貝の缶詰などというものは普通のマーケットでは全く売っていなかった。

どこでも、何とか何かを作って楽しむ。古《いにしえ》の万葉人まで今の私の心境を先取りして「家にあれば笥《け》に盛る飯《いひ》を草枕、旅にしあれば椎《しひ》の葉に盛る」と歌を詠んでくれてある。万葉集が充分に今日的な意味を持つ所以《ゆえん》である。

「すぐばれるようなやり方で変節してしまう人々」

49 携帯を置いて旅に出る

「私、普段は携帯持ってるんですけど、旅の時は置いてくるの。それでやっとこれで本当に解放されてお休みっていう気になるんですもの」

「アバノの再会」

【趣味を持つ】

50 男は牙を、女は爪を磨《と》ぐ場所くらいあった方がいい

ドイツの暮らしでは、男がグリースやペンキや万力やドリルやペンチの「男の世界」を持っていることが実に羨《うらや》ましくなった。この雑然とした地下室の工房は、女房からの治外法権を色濃く匂わせる空間である。ここは掃除なしの世界だから、普通の女房族は寄りつきたがらない。そこで男たちは社会的な地位や肩書の全く通用しない、午後五時以後、或《あ》るいは定年以後の生活を楽しむのである。

今の日本の男たちが虚無的な顔をして、会社を終わると何をしていいかさえわからなくなるのは、こういう空間を持てないせいではないだろうか。日本の男たちは若い時から、うっかりすると自分の専用の机さえもらえない。

日本の政治にも、家の面積を増やす傾向が出てきたというが、本当にいいことだ。男は牙を、女は爪を磨《と》ぐ場所くらいは、あった方が健全になるのである。

「正義は胡乱」

51 焚《た》き火の楽しみ

倹約が第一の理由で、薪《まき》やごみで風呂を焚《た》いているのだが、翔にとっては燃える火を見るのも楽しみの一つであった。都会暮らしのサラリーマンがひりひりしてストレスが溜まるのは、焚き火をする機会がなくなったせいではないか、とさえ思う。燃える火は、何より過剰に考えたり恐れたりすることから解放してくれた。時には、許しや諦《あきら》めを実感させることもあった。人間が体で会得《えとく》していかなければならない時間の流れが意味するものを、しっかりとリアル・タイムで体験できるのも、実際に火を燃やしている時が多かった。

翔は、自分のためにも、妻のためにも、そうして二十年以上風呂を焚いてきた。それをみじめだと思ったこともない。むしろ楽しい年月の積み重ねであった。

「夢に殉ず」

52 大工仕事

時々、指物師《さしものし》のまねごとをする。その腕で家中の棚を吊ったり、ちょっとした垣根を直したりして家計費を節約している。そういうことの一切できない男が世間にはたくさんいて、それは当然だと社会も黙認している。世間には自分では焼き魚一つ、ライスカレー一つ作れない男が多すぎる。

しかし翔は、それは人間としていびつだと感じていた。映画で見る西部劇の主人公たちは、鉄砲も撃てれば馬にも乗れる。牛を追う技術も知っている。しかし何より見事なのは、彼らが頑丈な家を建て、暴れる家畜の体当たりにも負けない強い柵《さく》を作れるということだ。柵は無理だから、翔は小さな大工仕事や指物まがいの小物を作るのだが、それは道楽だということになっている。しかし本来人間は道具を作って生きる動物なのだ。

「夢に殉ず」

53 お茶を点《た》てる

「お湯沸かすのも、じれったいけど、温《ぬる》くなるのを待つのは、もっとじれったいね」

「それがいけないのよ。待つんじゃなくて、その間に何かが熟するって思えばいいんだろうね。それが私にはできないのよ。玉井さんてほとんど口もきかないような人だけど、その呼吸がわかってる。すごい人でしょう」

「すごい。あの人は魔術師だよ。ああいう人にさあ、政府は勲章あげたらいいんだよ。私、一生にあの時だけだと思うな。あれほどおいしいお茶飲めたのは」


「極北の光」

54 手間暇かけた優雅な生活

「つまり僕の思うところ、本当の自由人の釣師のための本なんですよね。自分が楽しむために暮らしている話ですよ。詳しいことよく覚えてないんですけど、たとえば、この人はまず、魚の餌《えさ》から用意するんです。

つまり家蝿《いえばえ》の蛆《うじ》を飼っておくわけなんだけど、それにはどうしたらいいかというと、乾いた土をいれた容器の上に、獣の臓物の一片を十字型の棒につるして、そこへ家蝿に卵を生ませる。蛆は土の中にぽとんと落ちて、そこで生きてるから、いつでも必要な時に持っていけるっていうわけです。

そして魚を釣りますね。本当にその日自分が食べる分だけ、一匹か二匹釣って終わりにするんです。それから自分で料理にかかるんですが、これがまた傑作なんです。たとえば姫鱒《ひめます》を料理するとしたら魚をどういうふうに洗って包丁目をいれて、という説明があってから、その辺に生えている樹の中から香料に適当なものを集めて、レモンの皮や、迷迭香《ローズマリー》等を加えて上等の薪で煮る、というように優雅な生活をするんです。人生に手間暇かけて生きている、という感じでしょう」

「太郎物語　高校編」

55 冷蔵庫の中身を覚える趣味

夫は読書や執筆の片手間に、冷蔵庫の中身をよく覚えるのを趣味とするようになった。これは一種のコンピューター機能と同じで、どんなものが、どれだけ、冷蔵庫のどの辺に残っていたかを記憶するのは、けっこう頭を使うことである。少なくとも、こんなくだらないことに頭を使っていると、ぼけてもいられないという感じになる。

「生きるための闘い」

【働く】

56 ゆっくり普通の暮らしを続ける

老化を防ごうと思ったら、引退してはだめなのだ。別に若ぶる必要もないし、老年はすべてゆっくりでいいのだが、普通にするべき生活から身を引いてはだめになる。普通の大人なら年を取っても料理、洗濯、掃除は男女にかかわらずしなければならない。精神面では、本を読み、社会の出来事に関心を持ち続けることが平凡な暮らしだろう。

「安心したがる人々」

57 今持っている才能に合った仕事をする

先日私は仲代達矢氏の演じる『春との旅』という映画の新聞広告を見た。若い頃見覚えた仲代達矢氏とは、それは全く別人の顔だったが、全く生まれ変わったように一人の見事な老年を見せていたのである。もちろん仲代氏は実際より自分を老けて作らせ、小説が決して現実そのままではないのと同じように、現実の老人ではない見事な老年の顔を作っていた。これは人間の一種の勇気ある挑戦というものなのだ。

かつて二枚目だった人たちが演じる老年には、実に見事な人たちがいた。初代の『007』シリーズを演じたショーン・コネリーも、老年になって別人のような陰影の濃い老人役を演じた。過去は捨てて、現実を取り今を生きる人がすてきなのである。

人は生まれも、年齢も関係なく、その人が現在ただ今持っている才能や性格に最も合った仕事をするべきなのである。

「安心したがる人々」

58 半分はお金のため、半分は自分のため

「あのお給仕の人は、優しくすることが楽しいから、そうしてるのよ。その意味ではすばらしい人。お金のために勤めているんだから、心の半分は冷たく醒《さ》めて、あのホテル

のボスに気に入られるようにしてるでしょうけど、心も時間も半分しか売り渡してないのよ。多分、残りの半分は自分のためにちゃんと取ってあるんだわ」

「アバノの再会」

59 働くことと遊ぶことと学ぶことは、死ぬまで続けるべき

人間は、その人の体力に合う範囲で、働くことと遊ぶことと学ぶことを、バランスよく、死ぬまで続けるべきなので、もうアメリカ式の引退《リタイア》したら遊んで暮らす、という発想は時代遅れだと思う。そして当然のことだが、できればただ自分が生きるため以上の働き、つまり人の分も生産する働き、をした方がいいと思う。

かつて私は何度も、アフリカの貧しい国の田舎などで、のどかな夕餉《ゆうげ》の光景を見たものであった。夕陽《ゆうひ》が少し傾く頃になると、家の前に持ち出した臼《うす》と杵《きね》で、子供たちがその日に炊く米を搗《つ》くのである。

「ソノさん、あれであの人たちはなかなかおいしいものを食べているんですよ。日本人だって搗きたての米を食べている人はそんなに多くないでしょう。まあ、日本人みたい

に、上等のおかずはありませんけどね」

彼らは他人の使う分まで生産しない。自分たち一家の食べる分だけ作っている人が多い。だから国が豊かにならないのである。

老人に「年に甘えないで、もっと働いてください」と言うと、怒る人だけでなく、喜ぶ人もけっこういそうである。それが老人の健康の度合いを計るバロメーターになりそうだ。

「ほくそ笑む人々」

【世界を拡げる】

60 犬も歩けばおもしろいものにぶつかる

「僕は非常に感謝してる。君が誘ってくれなかったら、こんなところまで湯治《とうじ》に来ることはとうてい考えなかった。それだけは間違いない」

と友衛は原と最後の朝食で向き合った時、礼を言った。

「そう言っていただくと、僕としては少し救われます。それに、いい時に、あの山部夫人が現れてくれたもんで、僕は少し安心してます。そうでないと、ヴェネツィアやパドヴァに先生と同行してくれる人もないでしょうから」

「なければないで、僕はこの宿にじっとしてるから」

「それがいけないんですよ。この世は、犬も歩けばけっこうおもしろいものにぶつかるんですから」


「アバノの再会」

61 外国で快適に過ごすための「戦い」

一歩外国へ出れば、私はハリネズミのように神経を張り巡らしていなければならない。そうでなければ、ものを盗まれたり、寝る場所が見つからなかったり、ご飯を食べ損ねたり、飛行機に乗れなかったりする。いずれも高級なことではないけれど、ちょっとした不便をしなければならないことだから、何とかしてそれを防ごうとするのである。これが「戦い」である。

相手と対立した時、それを打ち負かすのは「力」しかない。話し合って理解し合う余裕など残されていないことも多い。理解するためには、法律的な知識、社会的視野、語学の能力、寛大さ、礼儀正しさなどの個人的魅力が必要だ。つまりそれも一つの「力」なのである。

「すぐばれるようなやり方で変節してしまう人々」

62 ウィットの力は国境を越える

昔、東欧の国を車で旅行していた時――ポーランドとチェコの間の田舎の国境だったと思うが――少し緊迫した空気だった。出国の窓口の係官は私のパスポートを見ながら「職業は?」と尋ねる。「小説家です」と言うと「ジャーナリストか?」と聞いた。ジャーナリストはどこの国でも嫌われるから「いいえ、お話を書く小説家です」と答えると、しつこく「どんな小説だ」と聞く。すると同行の友人が素早く「ポルノグラフィック」と代弁してくれた。つまり私がポルノ作家だと言ってくれたのである。すると係官は笑い、それを聞いていた隣国のポーランドの入国管理官までが笑い、とたんに国境は和気あいあいの空気になった。これはウィットの力である。

「すぐばれるようなやり方で変節してしまう人々」

63 英字新聞の効用

いつも外国旅行から帰ると、何より大変なのは、郵便物の整理、溜まった新聞を読むこと。通信販売で買った品物の箱を開けること。

ことに英字新聞は分厚いからこなすのが大変である。数年前まで、私は夫にいつも英字新聞を読め、と言われていた。しかし学力はないし、そんな億劫《おっくう》なもの読めるか、という気持ちだった。しかし最近は、日本の新聞の報道しない部分を、シンガポールで出している英字新聞で補っている。私はインターネットともEメールとも無縁で暮らしているので、ゆっくり読める新聞しか知識の取り込み口がない。しかしそのおかげで私の知識と精神感覚は解きほぐされ、ニュースを見る角度も少しずれ、ついでに少し英語の力も増した。

「私日記 3 人生の雑事 すべて取り揃え」

64 外国人と語り合えたのは、英語力より日本人であり続けたおかげ

確かに私は同世代の中では、少しだけ英語をよく読むし、喋《しゃべ》りもする。しかし、学校にいる間中、私は英語の成績も悪かったし、帰国した娘たちで溢《あふ》れていた聖心女子学院という学校では、どんなに背のびしても母国語を英語とする人たちにかなうわけはなかった。

しかし、後年、私はほんの数分の間の会話に外国人と心のつながりを持ったという記憶が何度もある。つまりほんのちょっと人生を熱く語り合ったのである。それは明らかに私の英語力のためではない。私が骨の髄まで自然に日本人として、また個人としてあり続けたから、相手はそのことに興味を持ったのである。

「なぜ子供のままの大人が増えたのか」

65 日本人と外国人は違うということを理解する

ロンドン橋やマザー・グースの話だけでなく、私は子供心に明らかに地球上には日本人でない人がいて、日本語でない言葉を喋り、日本にはない判断を基準に生きているの

だ、ということを肌から教えられた。

外国人と日本人は違うのだ、と言えば誰もが「そんなことはわかっています」と言う。しかしそれにもかかわらず、日本人の中には、ユダヤ人とパレスチナ人の間の闘争を見ても「話し合えばわかるのだ」と新聞に投書したり、「皆で歌を歌えば心も和んで憎しみが薄らぐ」と期待したり、「私は『こんにちは』を十二か国語で言えます」などと自慢したりする。

違いはもっと根深くて恐ろしいことを、私は幼稚園の時から学ぶことができたのである。

「なぜ子供のままの大人が増えたのか」

第二章

大人の振る舞いはどうあるべきか

【会話をする】

1 会話は教養の試金石

私は偏屈でも済む小説家という職業を選んだのだが、社会に出ると、両側に見知らぬ、それも男性が座る席で会食をする機会が多くなった。食事の間には、適当に両側の人と喋《しゃべ》らねばならない。男性なら、隣席の片方が若い娘、片方が老女であっても、決して若い娘とだけ喋ってはいけないのである。その時、何を喋るかは、日常生活の教養の多寡《たか》と密接な関係を持っている。自分が喋り相手に喋らせる、その比率も計測されなければならない。

会話のない人は、教養や人格に欠ける人と見なされる。別にむずかしいことを喋らなくてもいいのである。私が生きている社会で、興味があることを喋ればいい。或《あ》いは、相手が専門とする分野で私が興味を持つことを尋ねて、その講義を聞けばいいのである。しかし食事というものは、食べるという行為以外に、他者と体験や思いを分かち合う機会だとはっきり認識させなければならない。

「言い残された言葉」

2 沈黙を守ること、会話を続けること

人間は一定時間、沈黙していることができなければならない。それと同時に、喋りたくない時でも、あたりの空気を重くしないために、適当な会話を続ける必要のある時もある。沈黙を守れない人で、きちんとした思想のある人物は見たことがない。それと同時に、会食の席などでは、相手を立てながら、会話を続ける技術もなくて一人前とは言いがたい。

「昼寝するお化け」

3 話し方がすばらしい人

「家内と二人で仲よく暮らしていたんですが、五年前に彼女が亡くなりましてね。私は一人暮らしに馴《な》れるのに、一、二年かかりましたけど、その時、昔の恋人に再会したんですよ」

「そんなすてきなお話って実際にあるんですね」

「いやあ、あまりすてきじゃなかったですよ。彼女は私より三歳年上だったからね、けっこうしわだらけのお婆《ばあ》さんになってました」

「そんなひどいことおっしゃっていいんですか」

「でも気持ちは、すてきなままでした。何より話し方がやはりすばらしかった」

「二月三十日」

4 隣の席の人と話すのが紳士の礼儀

昔団体旅行でフランスの列車に乗った時、もらった切符が私だけ同行者と離れたコンパートメントだった。そして中にはたった一人二十歳前後に見える青年が座っていた。

彼は私がカバンを提げて入ってきたのを見ると、すぐに席を立ってカバンを上の棚に載せましょうか、と言ってくれた。彼の方が背が高いから「ありがとう、お願いします」と言うと、私のコートも上げてくれるという。

そんなこともあって、私はカタコトのフランス語で、彼と話すようになった。

彼は現在、何とかいう港に着いている軍艦の乗組員だった。休暇をもらって旅行をしてきたのは、兄に赤ちゃんが生まれて、つまりそれは彼の初めての甥《おい》に当たる。その赤ちゃんの顔を見に行ってこれから軍艦に帰るところなのだという。

「軍艦では何の役目？」

と私が尋ねた。

「コックをしています」

「それはいいお仕事ね」

大砲を撃つ役より後で役に立つだろうと、私は素朴に思ったのである。

「軍をやめたら、後は何をして働くんですか？」

と私が尋ねた。すると彼は、その後もどこかでコックの修業をしたいのだ、と言った。

しばらくして私はホテルが持たしてくれたお弁当の箱を拡げた。中にはクロワッサンやロールなど、私が食べきれないほどの量のパンが入っていたので、私は彼に、

「よかったら、食べませんか？」

と勧めた。しかし彼は礼儀正しく、「今はお腹《なか》が空《す》いていませんから」と断った。

まだ二十代の初めの青年でも、異国の中年の女とちゃんと会話ができる。それは喋《しゃべ》ることが一つの義務で礼儀、と外国では教えられるからだと思う。

「謝罪の時代」

【余裕を持つ】

5 性悪説に立てば心は自由になる

私はカトリック的な環境で育ったので、人間の性悪説を少しも拒まない。神さえも「私は善人のためではなく、罪人のためにこの世に来たのだ」と明言されている。もちろん性悪な人間も時には、輝くばかりの魂の高貴さを見せることがあるという、明確な可能性と希望を前提にしての性悪説である。

しかし戦後の日本では、日教組も、進歩的文化人も、声高らかに性善説を合唱した。さぞかし疲れて、しかも辻褄《つじつま》の合わないことが多かったろう。だから、私は実に心が自由だった。人にも少しは寛大になれた。悪にも驚かなかった。

性悪説をとると、心が自由になる。何より気楽。これでも少し寛大になれるのだろうと思う。悪を理解することが楽になった。この辺のところプラトンを読むといい。プラトンは性悪説などという言葉を使っていないだろうが。

「私日記 3 人生の雑事 すべて取り揃え」

6 不純が大切

「いいね。人生真剣にならないといつでも楽しいね。つまり不純が一番大切なんだよ。不純に生きてれば、病気も深刻に受け止めなければ、すぐよくなるよ」

「観月観世」

7 鼻歌まじりで書いたように見えるくらいでちょうどいい

「だけど小説書くって、やっぱり大変なものなんでしょうね」

武子さんは、あまり心をこめているとは思えない調子で言った。

「まあね、大変って言えば大変ですけどね。つまり、本当は小説なんて嘘《うそ》八百なんだけど、さりげなく書いてるように見えるものほど、実は技巧がいるんでね」

「そうでしょうね」

「重々しい小説書く人は、偉そうに見えるけど大したことないんですよ。重々しい文章ってのは、つまり下手くそだってことでしてね。文章ってものは、鼻歌まじりで書いてるんじゃないかと思わせるところがなきゃいけない。だから純文学よりユーモア小説の方が、ずっと苦労しているところもある」

「お料理にもそういうとこありますね。これでもかこれでもかみたいに凝ってるのより、片手間に煮たらこんな味になっちゃった、っていうふうに作れたら最高だ、と思うわ」

「それが本当のおしゃれですね」


「ボクは猫よ」

8 受け流すのが才能

人が「出社拒否症」や「帰宅拒否症」になるのは、簡単な理由からなのだ。

つまり原因は、ただただその人が勝手に持つことにした向上心のせいなのである。

向上心があるからこそ、職場では立派な業績を上げようと頑張り、家庭ではいい父親や知的な夫を演じようとする。だから職場は絶え間ない緊張の場所になり、家庭でも息が抜けずに疲労が重なることになる。

出世など考えず、人の侮辱も柳に風と受け流せば、職場も辛《つら》い所になりようがない。家に帰れば風呂に入って鼻歌を歌い、いそいそと飲んだくれて低俗と言われるテレビの番組を眺め、後は雄と雌になる時間を待てば、心は休まるはずであった。それができることこそ、才能というものなのである。或《ある》いは、家に帰って本当に打ち込む趣味道楽があれば、家は秘密の快楽の場所になる道理であった。

「夢に殉ず」

9 空腹な時はろくなことを考えない

「病気でないんなら、ご飯食べてから、ゆっくり考えなさい。二日でも、三日でも、一週間でも構わないから。お腹空《なかす》かしてて、いい考えは泛《うか》ばないよ」

それは母の信子の「持論」であった。《私は単純で人間が浅ましいからね。お腹空いてたり、疲れたりすると、まず、ろくな方には物事を考えないの。だから、とりあえず、眠って、よく食べることにしてる。そうすると、どこかから光が見えてくるよ》と太郎は聞かされるのであった。

「太郎物語　大学編」

10 入浴と散髪

人間、風呂に入っている時と、散髪をしている時には不思議と闘争的にならない、だからローマ人は市民すべてを政策として風呂に入れるようにするのだ、と誰かが言っているのを聞いて、私はそういうものか、と思ったことがある。羊飼いの生活では、風呂など全く体験したことがなかったからだ。

「狂王ヘロデ」

11 在来線でのろのろと行く

いつものろのろと在来線を乗り継いで行くのが翔のやり方であった。ありあまる時間を待つこともまた、豊かさの表れだという実感を人々が持たないのは、全く不思議なことだと思う。

「夢に殉ず」

【人を思いやる】

12 下り坂の時だけ手助けをする

「相手が具合悪くなってる時、というか、運命の下り坂になってる時にだけ、手助けをすることができたら、それはすばらしいね。母さんは一生に一度でいいから、そういう役をやってみたいよ」

「太郎物語 大学編」

13 かわいそうだから許す

「私、さっき、貞春さんが《かわいそうだから許す》って言った時、胸打たれたの。それでいいのよね。人間誰もが一人残らずかわいそうなんだから、本当は、それ以外に方法ないいんだ、と思った」

「神の汚れた手　下」

14 一言に細心の注意を払う

お母さんの前で「東京へ帰る」と言いそうになるのを、光子は細心に用心していた。そういう小さな言葉一つが、決定的に人の心を傷つけることはよくある。

「極北の光」

15 愛だけは人に与えても減ることはない

人は受けている時には、一瞬は満足するが、次の瞬間にはもう不満が残る。もっと多く、もっといいものをもらうことを期待するからだ。しかし自分が人に与える側に立つ時、ほんの少しでも楽しくなる。相手が喜び、感謝し、幸福になれば、それでこちらはさらに満たされる、という不思議さは、心理学のルールとしては基本的なものだろう。

あらゆる物質は、こちらが取れば相手の取り分は減る、というのが原則である。食料でも空気中の酸素でも日照権でも、すべてこの原則を元に考えられている。しかし愛だけは、この法則を受けない。与えても減らないし、双方が満たされる。

「なぜ子供のままの大人が増えたのか」

【自分の道を行く】

16 自分を持たない素直さは、愚かさに他ならない

素直と正直は、昔からいいこととなってたんですけどね。それは、いざと言う時には嘘をつける能力も自制心もあった上でのことでね。自分もなくて素直だなどというのは、いわゆる愚民ですよ。おとなしく見えるけど、この世で最も危険な分子だ。

「神の汚れた手　下」

17 背のびせず、自分のテンポで生きていく

「昔、彼は言ったんです。僕は背のびして生きたくない。自然な姿勢で、でも少し顔を上げるくらいの感じで、自分の興味のあることをして、自分のテンポで生きていたい、って。私はその時はそういう言葉が、何となく情けなくて嫌でした。でも彼はほんとにそんな感じで陽《ひ》やけしたいい顔をして生きていきました」

「アレキサンドリア」

18 好みの味、好みの生き方

味も、人生の生き方も、つまりは自分で決めればいいのだ。文科省がこう言った。教育委員会がこういう方針を打ち出した。会社の意向はこうである。社会の風潮がこちらに向いてきた。そういうことは大した問題ではない。自分の舌、生き方の好みが、おいしいもの、すばらしく思える人生を選択する能力を持っていなければならない。

「謝罪の時代」

19 人と反対のことをするだけで道が開けることもある

仕事がないから、インターネット・カフェで暮らす人が多いという。皆と一緒になって都会を目指すところに間違いがあったのだ。これにも鉄則がある。大勢の人のすること、多数の人が目指す土地、を避けて反対の方角に行けば運は開ける。流行の服を着る人は、見ているとあまり運が向かない。ノーベル賞をお取りになるような科学者たちは、ファッション性どころか、少々ヤボで魅力的なおじさまばかりだった。

食えなくなったら、都会のインターネット・カフェに行くより、私なら農村を目指す。すべて人と反対のことをするだけで、道が開けることは往々にしてあるのだ。

「安心したがる人々」

【お金とうまく付き合う】

20 お金は使うのが健全。溜めるだけでは守銭奴になり下がる

お金は使うためにある。そんなわかり切ったことを、本当は言わなくてもいいはずな

のだけれど、なぜか溜めるのが趣味みたいな人があちこちにいる。
溜めるということは単純に体にもよくない。呼吸という運動の中で、空気を吐き出せなくなると、それも一つの病気である。食べたものが出なくなると、それは便秘で腸癌の原因になる。お金もうまく使うことができなくなると、毒が廻って守銭奴になり下がる。お金は使うことが健全なのだ。しかし何にどう使うのが健全だと、まともに言えないところがむずかしいのである。

「中年以後」

21 お金が余るのは太りすぎと同じ

「お金が余るのは、太りすぎで贅肉《ぜいにく》がつくのと同じくらい悪いのよ。肉にもお金にも毒があるからね。贅肉がつけば、心臓と関節が悪くなる。余計なお金ができると、まず子供がぐれる。おかしな人が寄ってくる。使い切れないものをうんと買うと、管理に金と人手がかかる。時間をつぶされる」

「非常識家族」

22 人を幸せにする喜び

チップというものをめんどうくさがる日本人がいるが、友衛は最近では全くそれと反対の心境にいた。チップは嫌ならやらなければいいのだ。しかしちょっと人を幸福にしたいと思ったらやればいいのだ。

そんなふうに思い出したのは、やはり小萩が死んだ頃からかと思う。小萩がいなくなってから、自分は人をほんの少し幸せにすることが好きになった。別に小萩の後生のために、慈悲深くなったのではない。ただ小さなことで、他人が僅《わず》かでも幸せになるなら、こんないいことはない、と思い始めたのである。

「アバノの再会」

23 お金では買えないすばらしいもの

「でも生きてたら、誰にだって、小さなことですばらしいことはあるものなのよ」

「あんたにはどんなすばらしいことあるんだ？　まさか誰かと結婚する気になったんじゃないだろうね」

「まさか。そんなことじゃないわ。私の場合、ほんとに小さなことよ。庭に花が咲いたとか、ちょうど海の見える丘を通りかかった時、夕陽《ゆうひ》の沈むのに出会えたとか。そういうちっぽけなことだけど。どんなお金持ちだってあんなきれいな夕陽、美術品としては買えないのよ」

「天上の青　上」

24 お金を貸すこと

「そのお金もただいつも言う通り、貸さないで、あげることにしなさい。貸すと返ってくるかもしれないという期待があるから、それを裏切られると不愉快になるだろう。しかし人に借金頼むような人はまず返す気はないんだから。僕はこの世で、一日だって不愉快な思いはしたくないんだ」

「夢に殉ず」

25 ない者と、ある者がいてこそ調和が取れる

「金というものは、ない者と、ある者とがあってこそ、まことによき調和ができるようにも思います。どこにでも金がありましたら、金を持つ者は使い道がございますまい」

「狂王ヘロデ」

【個性を磨く】

26 個性が人を美しく見せる

確かにドイツやオーストリアには（あまりにもおいしいジャガイモ料理とお菓子のおかげだろう）太った人が多いのも本当だが、時々太ることとは、人間の魂の活力とも関係があるのではないか、と思う時がある。少なくとも今度オーストリアで感じたことは、人間が太っているとか痩せているとかいうことは、当然の話だが人間の魅力（魂の輝きとか尊厳とか）に全く関係ないことだということである。

もちろん「豚のように太った愚かしい人」というものは世界のどこにもいる。しかし

日本人の娘たちが、痩せて同じような服を着、無表情で買い物ばかりしているのを見ると、その第一印象は「貧弱」ということになるのである。

人間を美しく見せるのは、個性である。その個性を作るのは、彼か彼女自身の哲学や生き方に信念を持つことなのだろう。それが歩き方にも、食べ方にも、身のこなしにも現れる。


「ほくそ笑む人々」

27 自分の眼を持つ

人生で、自分独特の眼を養うことは、成功した人生を送る秘訣《ひけつ》である。今世間を動かしているのは、空気である。空気が読めないのを嘆く前に、空気を気にしすぎる病気も自覚した方がいい。空気を読みすぎるという重篤《じゅうとく》で悪性の病気にかかると、今度はそうでない人を脅すようになる。既にもう、その徴候は見えていると私は時々感じている。

誰もが自分のいいと思うものを、可能な限度の中で、自分の眼力で発見する。それがこの上なく、自由で楽しい人生だ。

「謝罪の時代」

28 他とは違うふくよかさ

その一口菓子は、何もかもどんどん小さくなっていく世の中で、思いなしか、東京の菓子よりも、一回りずつ大きかった。

太郎はそこに、名古屋を感じた。東京ではない都市の、安らかさを感じた。それにはもはや、マニキュアをした長い指でつまみ上げられるべき一口菓子独特の、あの洗練された、シャープな、気取ったものはなかった。その代わり、その菓子には、ふくよかな、滋味《じみ》に満ちた温かさがあった。

「太郎物語 大学編」

29 変人はお宝

「私のもう一人の変人のお友達が、ファックスをくれてたの。それがうちから回送されてきたんです」

「変人がたくさんいるんだね。君の周囲には」
友衛は自分もその一人だと思いながら笑った。
「変人はお宝だわ。普通の人なんていらない」

「アバノの再会」

30 存在にしっかりした手応えがなければ、誰もその人を振り向かない

折も折、ちょうどイタリアから私の友人が日本に休暇で帰ってきた。そして以前、日本から美人で有名な女優さんが来た時の話をしてくれた。その北イタリアの町に住む日本人たちは、若い時から憧れていた女優さんにお会いできるというので色めき立ったらしい。しかし土地の人も含めた歓迎会では、地元のイタリア人たちが一様に首をひねった。

あの女性のどこが美しいのか。あの、体つきも小さく縮かんでいて、語学も全くできないので、ただ着物を着て立っていただけの表情のない小さな女性が、本当に日本では有名な女優なのか、と疑ったというのである。

私は彼女はやはり類稀《たぐいまれ》な美人だと思っているのだが、もし彼女がイタリアの男たちの興味を全く惹《ひ》かなかったとすれば、それは多分存在感の問題なのだ、と思う。

たとえ胸もペッチャンコ、色黒で、小柄で、肌も汚くて、身体的には貧弱でも、或る女性が、お喋《しゃべ》りでウィッティーで物識《ものし》りで性格がよいか、或《あ》いはもの静かでしっかりしていて端然と自分流の生き方を貫いているとしたら——つまりどちらでも全身これ個性でずっしりと重い手応えがある人なら、必ずや彼らの中の多くの人たちはその女性に興味を抱くだろう、と思うのである。

若いうちは、黙ってニコニコしているだけで、けっこうかわいいと思ってもらえる。しかし年を取ったら、魅力はそれだけでは続かない。その人がそこにいる、ということによって、何かしらあたりの空気が違う、と思わせる要素が必要なのである。

「ほくそ笑む人々」

【良き人柄を身に付ける】

31 ただの人間であることを忘れない

人間が平凡な生活から出発すること。平凡な生活の中から、学び得るものを引き出す癖をつけること。たとえ他人より少しでも秀《ひい》でたところを持ち得たとしても、人間としての謙虚さを失わないこと。ただの人間、ただの太郎であるという思いを片時も忘れないこと。それがおやじの好みなのだということを、太郎はよく知っている。

「太郎物語　高校編」

32 凡庸な誠実さ

彼を見ていると、凡庸な誠実さというものが、いかにどっしりとした手応えを持ち、倦《あ》きが来なくて美しいものか、容子は胸に響いてくる。凡庸ということを、最も近い言葉に置き換えるならば円満具足。何か仏の微笑のような温かい感じに包まれる。

「無名碑　上」

33 同じ言葉も言う人によって変わる

「皮膚科というものは、まあ、試行錯誤でしてね。この薬が当たるかもしれないし、当たらないかもしれません。当たっても、私の手柄じゃないし、当たらなくても、私の責任じゃありません」

「まことにごもっともです」

おじさんも嬉しくなったのである。もっともこういう科白《せりふ》は、言う人の人柄にもよる。軽薄な感じの男が言えば、患者は逃げるに決まっている。同じ言葉でも、その人の哲学から出たものかどうかで、ひどく違うのだそうだ。

「ボクは猫よ」

34 はにかむ人

人間の羞恥《しゅうち》というものは、自分とは異なった他人の存在を認めているという証拠で、そこには、潜在的に価値の混乱があるということを承認しているからこそ、自分の判断に自信が持てなくてはにかむのである。しかしこのはにかみというのは大変大切なもので、逆に自分の決定に、疑いもなければ、不安も覚えない、という荒っぽい独善的な人間は決してはにかむことがない。

「太郎物語　高校編」

35 賢明さも、偉大さも

「愚かさと小心さがなければ、賢明さと偉大さも生まれますまい」

「狂王ヘロデ」

【奉仕する】

36 自分がどんなに貧しくても分け与えるという意識

人間の生存がしばしば脅《おびや》かされる砂漠を原点として育つ人々は、パンは自分の食べる分を半分にしてでも、旅人には与えなければならない、という意識がある。本当に困っている人には、自分がどんなに貧しくても与えるのが当然だとする姿勢をきちんと植えつけられて大きくなる。

小さな親切どころではない。パンの半分を与えるということは、パンが充分でない時には、大きな犠牲である。しかし私たちはそれをしなければ人間にならないのである。


「昼寝するお化け」

37 受けるより与える方が幸いである

そして援助というものは、基本的には謙虚に受けねばならないものである。

私はそのことを、障害者の方たちとの外国旅行で学んだ。車椅子を押して歩いていると、必ず手伝ってあげよう、と言う人が出る。すると日本人は、持ち前の遠慮で「いいえ、大丈夫です」と断る。これくらい失礼なことはない。自分が押している車椅子のハンドルは、必ず譲るべきなのだ。それが礼儀だということを、私は旅の始まる前に、同行者にお願いすることにしている。

なぜなら、少なくともキリスト教社会には「受けるより与える方が幸いである」という聖書の思想があるから、人のために働くという幸運を、決して独り占めにしてはいけないのである。

「流行としての世紀末」

38 自分がいいことをしているなどと思わない

神父が警告されたのは、ボランティアというものにありがちな弊害であった。自分がいいことをしているという自己陶酔の面が表れたら、それは危険信号だからやめた方がいい、ということである。

「すぐばれるようなやり方で変節してしまう人々」

39 与える側に廻ることが大人になった証《あかし》

大人になるということは、今日から、その人が受ける側ではなく与える側になった、ということだ。二十年間、彼らは未成年として、もっぱら受ける側にいた。しかしその日から、一切の責任は自分にあり、かつ自分より弱い人を庇《かば》って、その人々を生かすという光栄ある仕事にも就ける、ということになったのだ。

それなのに、成人式はただお振袖を着て、そわそわするばかり。それより成人式には作業服を着て何らか社会のためになる仕事をする、という企画があってもいいのに、と思う。

一日だけお年寄りの家を訪ねて、ゆっくり話し相手になったり、車椅子を押して公園に行く、という手もあるだろう。その日だけ数時間、近所の公共の空間を掃除する仕事も考えられる。

とにかく「与える側」に廻ることが、大人になった証《あかし》なのだ。与えさせない限り、子供は大人になる方法がわからない。

「なぜ子供のままの大人が増えたのか」

【人間の基本を知る】

40 人間とは損になることをできる動物である

戦後、徹底して言われたのは、損をしない権利だった。こんなことライオンでもやっている。せっかく取った餌《えさ》をよその雄が取りに来れば、牙をむいて追い払う。つまりライオンなら、損をしないことしか価値観にない。
私だってライオン並みに損はしたくないのだけれど、そこは人間だから時々見栄を張りたくなる。つまり動物と違って、人間は損になることをできる動物なのだ、と考えたい。

「ほくそ笑む人々」

41 逃げ出したら人間でなくなる

《私はね、迷ったことはないわ》
《そう。どうして》
《だってこの子が、私を離さないんですもの。夜も、私のスカートのベルトを摑《つか》んで眠るのよ。朝、眼を覚ますと、まず私に抱かれたがるの。それにもうすぐこの子は死ぬんです。それがわかっていれば、誰だって私と同じことをすると思います》
《僕だったら逃げ出すかもしれない。病気が怖くて……》

《まさか。あなたもそんなことをするはずはないわ。だってそんなことをしたら……》
《逃げ出したらどうなんだ？》
《人間じゃなくなるじゃないの》

「観月観世」

42 優しい笑顔を絶やさないことも人間としての務め

年甲斐もなく、私は再びこの子から教わった。それは最低限、人間として、優しく笑顔を絶やさないなら、それは、無条件で人に許してもらえるということなのです。この無意識の子ほどにも、人間としての慎ましい務めを果たしていない人がこの世には多いですね、私を含めて。

「神の汚れた手　上」

43 静寂が人間らしさをつくる

「静かっていいのよ。人間になれるわ」

「へえ、喧《やかま》しいとこだと何になんだろ、じゃ」
「物になるんだと思うわ」

「天上の青　上」

44 本当に人間になるために、時には苦しむことも必要

あなたがそちらで苦しんでいらっしゃることはわかります。でも人間は、時には救いようもなく苦しむことが必要なのです。それこそが、本当にその人が人間になる時なのかもしれませんから。

「天上の青　下」

第三章

人生を輝かせる力とは何か

【自立する力】

1 私以外に私の人間形成に責任を負う人はいない

自分の育った家庭が、この上なくいいものだった、という人に、出会う度に私は羨《うらや》ましかった。しかし反対に、そうでなかったという人にも時々会う。私自身、両親が私を愛してくれたことを疑ったことはないが、しかし呑気《のんき》で温かい家庭で育てられはしなかった。父母は仲の悪い夫婦だったから、私はいつも親の顔色を見てはらはらしながら暮らしていた。

しかし、だから私の性格が歪《ゆが》んだ、という言い方だけは、私はしたことがない。歪んだとしたら、それは私のせいである。親は精々で、二十歳くらいまでしか私の精神生活に深く立ち入らないが、私は私と生まれてから今までずっと付き合っているわけだから、私以外に私の人間形成に責任を負う人はいない。

「流行としての世紀末」

2 親が偉くても、息子が出世しても、無関係

息子は息子、親は親だ。親が偉くても、息子が出世しても、それはお互いに無関係である。

快いのは、自分を失わないことだ。出自を冷静に覚えていることだ。そして自分を失いさえしなければ、その人はどんな偉大な親や子の傍でも輝いている。

「流行としての世紀末」

3 独立の精神

私は何たって独立が好き。猫は、人に餌《えさ》をもらってるけど、独立してるの。恩に着たりしませんからね。人間の政治家がばかだと思うのは、お金もらって便宜《べんぎ》をはかることよ。お金もらって便宜はからなきゃ、収賄にならないのに。

「飼猫ボタ子の生活と意見」

4 人生のドラマから逃げない覚悟

昨日、麻酔医だという若い医師が説明に来て、宇佐美の怪我《けが》は、全身麻酔でも腰椎《ようつい》麻酔でもどちらでも手術できる、と言った。宇佐美は迷うことなく、腰椎麻酔を希望した。脊髄《せきずい》に麻酔の針を刺されるのが嫌さに、全身麻酔にしてもらいたがる患者が多いのかもしれないが——あの麻薬を大切にしている割には——人生のドラマには、それが耐え難いほどの苦痛でない限り、正気で立ち会いたいと宇佐美は考えている。

「観月観世」

【生命力】

5 人はどん底まで落ちて初めて自分と向き合う

「しかしね、僕の言いたいことは、そうして人間であるかないかわからないようなどん底まで落ちた時、初めて人間は人間がわかる。魂の叫びをあげるという事実なんです。日本人は、どん底に落とされたことがないから不幸ですね」

神父は言った。

「そうお思いですか」

おばさんは尋ねた。

「人間は、どん底に落ちないと、なかなか自分を見つめないいんです。ところが、日本というのは、早々と人をどこかで、物質的に救ってしまうでしょう」

「そうですね、親が救う。友達が救う。社会保険が救う。救わないと国民が文句を言いますから。だから、本当に自分を見つけないままに死ぬんでしょうか」


「ボクは猫よ」

6 幸福を見つけ出す才能

茜はチョコレートを結局は一口も食べなかったけれど、それはそれで、食べたよりも満足だったのだ。フレール・ミシェルとジャン・バプティスト神父は、久しぶりで故郷の味を味わったと言ってくれた。板チョコ一枚は、それほど大きなものではないのだから、つまり、幸福というものは客観的な状況ではなくて、幸福を受け取る者の能力にかかっているという感じである。そして日本人はマダガスカル人よりはるかに読み書き算《そろ》盤《ばん》の能力にも優れていると思われるのに、幸福を見つけ出す才能にかけては、全くの開発途上国以下だと思わせられることもある。

「時の止まった赤ん坊」

7 不公平でもよい

「私は始終、心が揺れてました。小さい時から『猿』とか『蟹《かに》』とか言われて生きてきたでしょう。傷つきましたし、小さい時は、なんて世の中って不公平なところだろう、って思ったんです。誰を怨《うら》んだらいいのか、誰に文句を言ったらいいのかわからないことだから、なおさら辛《つら》いのね。でもだんだん、もし完全に公平な世の中があるとしたら、うんと退屈だろう、って思うようになりました。今は、公平でなかったから自分らしくなれたんだろう、って思えるようになってます」

「夢に殉ず」

8 人生を喜ぶ才能

「その人は聖人に近いなあ。常人の持ってる煩悩《ぼんのう》とは全く無縁なんだろう。出世とか金儲けとか、なんにもほしくなかったんだ。生きながら、死んでた人なんだよ」

「でも生き生きしてたわ。詩をいっぱい暗唱してたし、子供をかわいがったし歌が好きだった。ハモニカ吹かせても楽しそうだったわ。ああいう人生を喜ぶという才能が私には根本的に欠けていました」

「そういう才能は深く傷つかないと身に付かないと思うね。僕にはとうてい無理だ」


「アバノの再会」

9 砂漠の癒《いや》し

その時へロデ王は砂漠で何を見たか。私にはわかる。王は人を恐れてサマリアの近くの砂漠に逃げたから生き長らえたのだ。砂漠には最高の癒《いや》しがある。理由はたった一つだ。砂漠にも荒野にも、人は誰もいないからなのだ。砂漠の風は王など知らない、と言う。荒野の砂は貴族など見たこともない、と言う。私はそういう声の中で育ったのだから、よく知っているのだ。

「狂王ヘロデ」

【続ける力・忍耐力】

10 忍耐のできる人になる

忍耐さえ続けば、人は必ずそれなりの成功を収める。

金は幸せのすべてではないが、財産もまた大きな投機や投資でできるものではないということを、私は長い間人生を眺めさせてもらって知った。その代わり、成功のたった一つの鍵は、忍耐なのである。

犯罪を犯す人たちに欠けているのは、才能でも学歴でもなく、忍耐なのだということは、最近の事件の度によくわかる。つまり仕事が長続きしない人たちが、世間を騒がすような事件を起こすのである。

小説家の仕事も忍耐そのものである。数千枚の作品でも、一字一字、毎日書いていく。

料理人も、竹籠を編む職人も、コンクリートを打設《だせつ》する人も、農業に従事する人も、すべてが忍耐を基本にしている。

「幸せの才能」

11 生涯貫く仕事を持つ

「一、世の中で一番楽しく立派な事は一生涯を貫く仕事を持つ事です。
一、世の中で一番みじめな事は人間として教養のない事です（「福澤心訓」より）」
「ふうん、なかなかいいことを言ってるじゃないか」

宙さんは感心したように言いました。

「今の若者は、長続きしないんだ。すぐ辞めて、少しでも割がいい働き口はないか、うろうろする」

「ボランティア活動だってそうだ。一年続けてやるのはなかなかいない。NPOだって二、三年で消えちゃうのが多いんだ。石の上にも三年、って言うからな。三年みっしり我慢してやり遂げれば、何とかなるんだろうに、それをしないんだ。二年と十一か月でやめるんじゃないか？」

「非常識家族」

12 一筋に「凝《こ》って」時間を過ごす

一角《ひとかど》のプロになった人は、まだ若い時から自分の専門の興味一筋に「凝《こ》って」時間を過ごしてきたように見える。人生の時間は決して無限ではないのである。

「生きるための闘い」

13 痛みに耐えて生きる

痛みをカメラに写すにはどうしたらいいのだろう。石塀の上に座った衰え切った老婆の姿を写してみても、キャプションなしに、痛みが、彼女の一生を支配し続けた不条理だったことをどうして示すことができるのだろう。

そのことに勘づきながら、斎木はよく事実に挑戦した、と私は感じていた。と同時に、私はその老女の生涯を偉大に思った。自殺もせず、薬物中毒にもならず、ひたすら耐えて……たとえ、それが貧困と無知と医療の不十分さの結果で、そうするほかはなかったとしても、である。

私は一瞬涙ぐみそうになった。

「一枚の写真」

【自分の役割を知る】

14 持って生まれた器

「人には、それぞれ持って生まれた器というものがございます。それはどうにも致し方ございません。土のうちならば、まだ作る壺の大きさは変えられます。しかし焼き上がった壺はもう大きさをどうすることもできません。壺は小さくば小さいなりに使い道がございます。それなのに、無理に大きくしようとしたりすれば、壺は割れる外はございません」

「狂王ヘロデ」

15 与えられた才能で、人に尽くすのが最高の人

古い教会の中には、教会そのものが城郭であるものも多い。必ず中庭があってそこに井戸があり、周囲の回廊《クロイスター》に面して部屋が並ぶという構造である。ザルツブルクで日曜日のミサに行った教会では、その一つ一つの部屋が修道士たちの仕事場になっていた。仕立屋、ペンキ屋、大工、左官、靴屋、などの仕事をする修道士たちの工房なのである。

ヨーロッパでは男子の修道院に行くと、よく「この人は靴屋です」とか「この人は左官屋さんをやっています」とか言って紹介される。修道院に入るまでやっていた職業を、中でもそのまま続けているのである。神の前では、別に大臣や学者が偉いのではない。「自分に与えられた才能で人に尽くす人が神から見ても最高の人」だからである。

「すぐばれるようなやり方で変節してしまう人々」

16 秀才だけでは成り立たない

小説だって同じであろう。もし名作だけしか出さないのだったら、今の雑誌の九十パーセントは頁《ページ》が埋まらないことになる。しかも、小説家や編集者だけが満足する小説と

いうものが、必ずしも読者に喜ばれるとは限らない。駄作でいいというわけではないが、名作か駄作かを決める厳密な基準はどこにもないことを、肝に銘じねばならぬ。

それは人間や猫の能力を決める時も同様である。九十パーセントの鈍才がいるから、十パーセントの秀才が出るのだ。いや、十パーセントの秀才だけではとうてい社会を支えていけないから、そこで九十パーセントの絶対多数の力が必要になってくる。猫も同じである。ボクのような日本風駄猫がほとんどだからこそ、ペルシャとかシャムとか外国猫が、器量よしで目立つのである。しかも日本中の鼠《ねずみ》を取り、三味線の皮を供給し、医学の実験材料になっているのは、ボクたち凡才、いや、駄猫なのであることも忘れてほしくない。

「ボクは猫よ」

17「使ってやってもいい」と言われるより必要とされる場所へ

「僕ね、それに、入るんなら、やっぱり、自分の実力相応のところがいいと思うんだ」

太郎は力なく千頭さんに言った。

「あら、入れたんなら、実力相応じゃないの」
「だけど、補欠じゃあね。僕は背のびして、お慈悲で入れてもらおうとは思わないな。仕事だって、そうだ。お前を使ってやってもいいなんてとこはご免だ。お前がいるから、来い、と言ってくれる所に行く」

「太郎物語　大学編」

18 ものも人も使い切らないのは罪

自分の身の廻りのものを、ものであろうと人であろうと、有効に使い切るということはなかなかむずかしいし、手のかかることだ。ことに今のようにものが溢《あふ》れている社会では、ものの使い捨てや溜め込みが平気になっているのだから、ついでに知識も資料も才能も使い切らなくても、それは大した罪状だとは思われないのである。そしてついでに人間そのものも、フルに生かすめんどうを省くようになる。

「ほくそ笑む人々」

19 自分の足元をしっかり固めて立てた人は、人生の成功者である

人を非難したり、恨んだり、謝らせようとしたり、差別したりするというのは、自分の人生が失敗だった人のすることである。

失敗というのは、別に社長や大臣になれなかったから失敗だというのではない。自分の得意とすることを知り、与えられた才能の限度を自覚し、すべての才能は必ず社会の役に立つことを信じ、自分の小さな足元をしっかり固めて立っている人は、すべて成功者なので、そういう確認を全くしなかった人が失敗者ということである。

「正義は胡乱」

20 居合わせた場所で最善を尽くす

人間は長い歴史の中で、たまたま自分が生まれ合わせた時代の、たまたまそこに居合わせた場所で、最善を尽くして生きればいいだけなのである。それ以上、小さな一人の人間に何ができるだろう。

「時の止まった赤ん坊」

【人生にむだはないことを知る】

21 むだに見えるものが実は重要

しかし、ボクほどの哲学的な猫になると、そこでも一つ、飛躍的な思考ができるのである。すなわち最もむだに見えるものが、実は大変重要なものだということである。というか、むだなものがない社会というのは、危険だということである。

「ボクは猫よ」

22 一本の作品のために必要な九本の駄作

小母《おば》さんの小心さについては、ボクは小母さんが或る日小父《おじ》さんと喋《しゃべ》っているのを聞いたことがある。

〝とにかくねえ。私の場合、短編ていうのは、まあまあのできと思うのが書けるのは二十本に一本、甘く見ても十本に一本だわ。書きすぎなのね。減らしたらいいと思うわ。つまり十本書くところを一本に減らせば、ややましなのだけが残るわけでしょう〟

〝そう思うのは甘いんでね。九本の駄作を書くからこそ、やっとましなのが一本できるんだ〟

「ボクは猫よ」

23 いいことも悪いことも経験した方がいい

「私、一生、船の上にも、地べたの上にも寝ないできました」

「それがいいいんじゃないんですか？　当節船乗りは皆陸の上の仕事ばかりしたがりますから」

「でもこの頃、何か大きな損をしたような気がするんです。私何にも、おもしろいことも危険なこともせずにきてしまったんですもの。悪いこともいいこともしないっていうのはいけませんよね。どちらかというと、いいことも悪いこともした方がすばらしい生き方ですもの。少なくとも死ぬ時、後悔しないような気がしますけど」

「寂しさの極みの地」

24 これという答えはない

「物事はすべて固定観念で考えちゃいけない。自分の好み、他人の考え方、世界は実に広範で種々雑多、つまりこれというはっきりした答えはない、ということだ」

「非常識家族」

25 排除せずに共生する

人がどう生きても私は、本当はどうでもいいのです。しかし私自身はいささかの狡《ずる》さ、悪、卑怯《ひきょう》、嘘、と言ったものとごく自然に共生していきたいのです。

「一枚の写真」

【不幸、不運を受け入れる】

26 希望を持てる人

〈知ってます？　幸福でない人だけが希望を持ってるの。幸福になってしまった人は、

それをなくすことだけを恐れるようになるの。苦労は同じよ〉

「夢に殉ず」

27 運命というもの

何と言っても、人にはすべて運命というのがあるんです。それは猫も同じね。その運命には変えることができない部分がある。また無理やり変えてみたところで、らしくないことは不自然だし、美しくない。しかしもし人がそれを甘受して、その運命をむしろ土壌にして自分を伸ばそうとする時、多くの人は運命を超えて偉大になる、とおばさんは言うの。

「飼猫ボタ子の生活と意見」

28 不幸も悪いことばかりではない

私は幸運なことに、親から、人間は正しく理解されることなどほとんどない、と教わった。私自身、私よりもっと幸福な人もいるだろうけれど、もっと不幸な人もいるだろう、と当たり前のことを考えていた。もっと不幸な人と比べると私の幸福は感謝しなければならないし、もっと幸福な人と比べると私の方が人生を知っている、と思うことにした。それで私は小説家になったのである。不幸は私にとって、小説家になるための必要最低限の資格であった。

「自分の顔、相手の顔」

29 私怨《しえん》もエネルギーになる

「どうして或る人は、自分の仕事に命を賭けるし、別な人は適当なとこで逃げ出すと思います？」

「命を賭ける人の半分はぶきっちょ。つまり他にすることがないと知ってるから。後の半分の人の、エネルギーは、私怨《しえん》」

「しえん？」

「私の怨《うら》み。たとえば自分が母親に捨てられたと思い込んでいる人は、母と子のポートレートを専門に撮るようになるんですよ」

「じゃ私怨は、いいものなんですね」
「もちろん」

「アバノの再会」

30 苦しみの中にこそ、人間を育てる要素がある

誰もが苦しみに耐えて、希望に到達する。努力に耐え、失敗に耐え、屈辱に耐えてこそ、目標に到達できるのだ、と教えられた。誰も苦しみになど耐えたくない。順調に日々を送りたい。しかし人生というものは、決してそうはいかないものなのだ。さらに皮肉なことに、人生で避けたい苦しみの中にこそ、その人間を育てる要素もある。人を創るのは幸福でもあるが、不幸でもあるのだ。

「安心したがる人々」

31 運命に打ちひしがれ、それでも生きていく

父がどんな運命にも自殺したりせず、ただ打ちひしがれて猫背が目立つようになって

生きている姿を見て、私はもっと父が好きになりました。

「二月三十日」

32 逃げる場所

「逃げていく場所がある人は、決して不幸じゃないんだよ」

「アバノの再会」

【美しい生き方を知る】

33 人間であり続けるための慎ましい努力

私の知人に、六十歳を機に、家中のいたるところ十か所近くに、鏡を置いたという人がいる。それくらいの年になると、もう年だから外見はどうでもいいや、という気になる。その気の緩みが、古めかしい服を着て、背中を曲げ、髪がぼさぼさでも致し方ない、という結果を招く。

しかしそれくらいの年からこそ、人間は慎ましく努力して人間であり続けなければならない。そのためには差し当たり、姿勢を正し、髪も整え、厚化粧ではなくても、品のいい生き生きした老人でいなければならない、と思ったからこそ、その人は鏡を十枚も置いたのだろう。

私はその話にいたく打たれた。別に新しい服を買わなくても、高い宝石を身に付けなくても、背を伸ばすだけでも人は五歳は若くすがすがしく見える。

「言い残された言葉」

34 庭に花を絶やさなかった人

三十年前、修道院には一人のお年寄りのフランス人の修道女がいて、恐らくこれが最後と思われる故郷への訪問から帰ってきたばかりだった。その時この人は、大きな昔風のスカートの下に、フランスからいっぱい花の種を隠して持って帰ってきたのである。この国がどれだけ厳しく植物検疫をやっているか私は知らないし、また老修道女のスカートの下まで探る勇気は、恐らくどの検疫官にもなかったろうが、私は修道院と産院の庭に花を絶やさなかったこのフランス人修道女の生き方に強く惹《ひ》かれた。

「すぐばれるようなやり方で変節してしまう人々」

35 与えられたものに感謝できる才能

さぞかし昔美人だったろうと思われる人でも、年を取れば外見は醜くもなる。しかし年を超えて見事だと思う人がいるが、それは与えられているものに対して感謝できる人である。その才能は、その人の受けた教育とも、持って生まれた頭脳とも関係ない。ましてや、その人の運とか経済的な豊かさとも全く無関係である。それはただ、その人の心ののびやかさとだけ関係があるのである。

「心に迫るパウロの言葉」

36 進んで損のできる人になる

健康でもお金でも知能（ぼけていない頭）でも、幸いに少しでも余計に持って（保って）いたら、それを失った人のために、自分の持ち分をささやかに（大きくでなくていいのだ）分ける思想がないと、今後の日本はやっていけない。健康保険や介護保険を払っても、健康なので少しも使わないから損をしたと思うようでは、いい社会も、自分の幸福も望めないだろうと思う。進んで損のできる人間にはどうしたらなれるか。それがむしろ誰もがかかわっている現実の生活の中での芸術である。

「言い残された言葉」

37 ある新婚夫婦

「あの食堂の夫婦が、僕の見るところ余命いくばくもない妻との最後の旅行じゃないかと思って、人ごとながら胸を痛めてたのに、二人が新婚旅行だと聞いて、ショックだったんだ。人生は、固定観念でものを見たらだめだね。全く驚きだ」

「しかしあの奥さん、やっぱり体弱そうでしょう。そういう人と知りながら結婚したんですかね」

「パーキンソン病だそうだよ。だから歩くのが不自由になってるんだ。と言うか、よちよち歩きになって、止まろうとしても止まれないから危ないんだろうな」

「でも変じゃありませんか。新婚旅行というからには、最近結婚したわけでしょう。その時は健康だったんですかね。パーキンソン病って、そんなに急に出るものなのかな」
「それなんだよ。山部さんも驚いてたけど、あの旦那と痩せ細った奥さんは二人とも配偶者に死に別れた者同士の再婚なんだそうだ。でも、結婚する時、既に奥さんの方はパーキンソン病だってわかってたらしいよ。だからいずれ誰か世話する人がいるようになるだろうから、旦那の方がそれなら自分が見ようって結婚したんだって」

「アバノの再会」

38「愛」とは友のために命を捨てること

私はカトリックの学校に育ったので、「愛」というものに関してさんざん教えられた。どれも正直に言って、聞かない方がよかったなあ、と思うものばかりであった。

愛とは何か……定義は一つだけであった。「友のために命を捨てること」なのである。愛は、愛する者のために、少なくとも何かを大きく捨てることであった。大きく、というところがポイントである。小さく、ではいけない。小さくなら誰でも難なく捨てられ、口先だけなら誰でも何でも言える。

「すぐばれるようなやり方で変節してしまう人々」

39「美」とは、自分の美学に命を賭けること

今は全く取り上げられなくなった言葉「真善美《しんぜんび》」のうち、戦後の日本人が熱心だったのは「善」、それも自分がいかに善人であるかを示す表現だけ。「真」に触れるのは常にかなりの勇気がいり、美にいたっては（ファッションとエステ以外）考えたこともない、という人も多い。「美」は自分の選択と責任において、究極的には自分の美学に命を賭けることである。

「私日記 2 現し世の深い音」

第四章

人付き合いが人を育てる

【言葉使い】

1 すべての人に敬語を使う精神の美学

日本にはすさまじい金持ちも、路上に犬のように捨てられている人もいない。所持金が百円しかないホームレスの人でも、救急車が意識不明のまま担ぎ込めば、病院では即座にCTスキャンをかけて病因を調べ、基本的な治療を怠ったりはしない。こんな国は世界でも例外的だろう。しかも、天皇ご一家の行動には敬語をつけない、と決定した朝日新聞社とは反対に、その病棟の婦長さんはそういう病人のことを、陰でも私に敬語をつけて語り続けた。すべての人に敬語を使う精神の美学の方が、私ははるかに好きだ。

「流行としての世紀末」

2 人を見て言葉使いを変えるほど浅ましいことはない

でも、私は昔母から、人を見てものを言うな、って教わったんです。職業や社会的地位をすぐ計算して、偉い方にはていねいな口をきいて、そうでない人には見下げたような言葉使いをするほど、浅ましいことはない、って骨の髄まで覚え込まされたんです。

「天上の青　下」

3 繊細《せんさい》で凛然《りんぜん》とした日本語

「その子は、ほんとに凛々《りり》しい、美少年なんですよ。心持ち眉を顰《ひそ》めてほんとに分別ある顔をしていましたけどね。しかし何よりすばらしかったのは、その端正な言葉使いだったんだそうです。小沢夫人は、繊細《せんさい》で、凛然《りんぜん》とした日本語、という言い方をしてました」

「一枚の写真」

4 敬語は親が教えるもの

「小父《おじ》さまは、今まで、猫をお飼いになったことはないんですか？」

五木敦子さんは実にきれいな敬語を使う。それというのも、敦子さんのお母さんの武子さんがちゃんと教えるからだ。敬語というものは、親以外の誰も教えられるものではない。

【マナー・気配り】

5　電話機に向かってお辞儀をすればそこに自然と感情がこもる

人間の体というものは、精巧な楽器のように感情を実によく示す。

よく電話機に向かって「はい、はい、どうもありがとうございました」などと言いながらお辞儀をしていると笑われることがあるが、あれはお辞儀をすると本当に慎ましい声になり感情がこもるのである。その反対に寝転がったまま、慎ましい声で相手に最大級の礼儀正しい言葉使いをしても、声はよく実態を表してしまう。寝そべったまま「はい、確かに承りました。いつも一方《ひとかた》ならぬお世話になっておりますから、今度はせいいっぱい努力してやらせていただくつもりでおりますから、どうぞよろしくお願いいたします」などと言ってみても、声は多分何かおかしい、ふざけたおざなりの雰囲気を伝えるものである。

「正義は胡乱」

6 人を煩《わずら》わせるのもマナーのうち

テーブルマナーに関しては、後年私はあまりにも日本人がこういう礼儀をしつけられていないのに、驚き続けてきた。ホテルマンとして長年働いている人でもスープを音を立ててすすったり、サラダのお皿を持ち上げたり、ナイフを口に入れたりする。外務省の人でも必ずしも正しい食べ方をしているとは限らない。

これは英語を学ばせる時に同時に教えるべきことだが、今の英語教師たちは、こうした最低限のルールも知らない人が多いのだろう。と同時に私は、日本人が茶席でお薄《うす》をいただく時や、お蕎麦《そば》を食べる時に音を立てることなどに、適切な注釈をつけて堂々と日本の伝統を守りたいとも思っている。礼儀というのは、半ば合理性、半ば非合理性の合わさったものなのだ。

当時の私は、えいっとばかり人の前まで手を伸ばして塩の瓶《びん》などを取っていたが、その度に怖い上級生から「ウッジュー・プリーズ・パース・ミー・ザ・ソルト（お塩の瓶《びん》を廻してくださいますか）」と言え、と叱られた。こういう場合は人を煩《わずら》わせることが礼儀なのである。

「なぜ子供のままの大人が増えたのか」

7 誰かといる時は、楽しくするようにする

一瞬でもいい、一日でもいい。誰かといる時は、楽しくするようにしてみることがいい、と翔は思ってきた。葉子にも、そうしろと言ってある。相手に迎合しろ、ということではない。しかし、その方が後生《ごしょう》がいいような気がする。

「夢に殉ず」

8 身づくろい

「お母さまは、もう八十にはおなりでしょうに、お元気ですね」

「いいえ、昨年、父を亡くして、それから間もなく足を折りました。それ以来すっかり

年を取ってしまいまして」
「いいえ、そんなことはありません。髪をきれいにして、装身具をきちんとつけておしゃれをしていらっしゃる。それをできるうちは女も年を取ってはいないんですよ」

「二月三十日」

【感謝】

9「感謝の人」「文句の人」

考えてみると、「感謝の人」というのは、最高の姿である。「感謝の人」の中にはあらゆるかぐわしい要素がこめられている。謙虚さ、寛大さ、明るさ、優しさ、楽しさ、のびやかさ。だから「感謝の人」の周りには、また人が集まる。「文句の人」からは自然に人が遠のくのと対照的である。

「心に迫るパウロの言葉」

10 短い人生の中では、どの人も、どの瞬間も得難いもの

私たちが生きている時間は本当に短い。会う人も、会える時間も、それは得難いものだ。私たちはまずさわやかに挨拶し、お互いに礼節と人情を尽くして会っている時間を楽しくし、この世で会えたという偶然を心の奥底で深く感謝すべきだろう。

楽しく暮らすというのは、物質的なことばかりではない。出会いを楽しむことも含まれる。

「正義は胡乱」

11 知る限りの人に御礼を言う

「改めて挨拶しようなんて思ってると、私必ず時期を失するから、今日突然死んでも、〈ありがとうございました〉って皆に御礼を言ってた、ってこと覚えててね。私、知る限りの人に御礼言いたいの。憎んだり嫌ったりした人もあったけど、そういう人は偉大な反面教師だったんだから。私はああいうことはしないようにしよう、と自戒させていただけたんだから、特別に御礼を言ってもいいわけよね」

12 自分を捨てていった人にも感謝したいことがある

「嘘つけ。裏切られたら、誰だって怒りも恨みもするぜ。あんただって、彼氏が他の女に見返った時、やっぱりむらむらしたはずだよ」

「ボクは猫よ 2」

「それでも、やはり、黙って離れていくのが一番いい、ってことがわかってくるのよ。そして、そういう苦しみに耐えられるようになるのも、それはやはり私を捨てていった人の贈り物だったってことがわかってくるんだわ」

「天上の青 上」

13 親しい人への感謝はこっそり伝えたい

「何でもないけどさア。母の日に、お母さんありがとう、って作文書いたり、花束捧《ささ》げたりするのあるよなあ。あれ思い出したら、いたたまれなくなったんだよ」

太郎は、あれこそ、残酷物語だと思っていた。白々しさの極だと考えた。テレビにそういう催しがうつったりすると、ブリキの皿をスプーンで引っかいた音を聞いた時のように歯が浮きそうになった。母と子なんてものはお互いにさりげなくなくちゃいけない。感謝してても、していないような顔をしていなきゃいけない。どうしても表したいなら、人の目につかないところでやらなくちゃいけない。

「太郎物語　高校編」

【信頼】

14 人脈の基本は尊敬である

若い時には人脈などあるわけがない。人は歴史を通してその人を知りたがり、信用する。いかなる偉大な人物でも、赤ん坊の時には歴史小説の主人公たりえない。

人脈の基本は尊敬である。私と友人でなくなった人がいるとすれば、それは私の人格が相手を失望させ、私が相手に対する尊敬を失った時である。そして尊敬を持たない相手は人脈の中に入らない。

「中年以後」

15 墓場まで持っていく秘密

私が相手に捧《ささ》げられるほとんど唯一のご恩返しは、相手のことを喋《しゃべ》らないことであった。一人の友人が離婚した。私はその事実を知っていたが、数年の間誰にも言わなかった。それが公然となった時——その夫婦が有名な人だったので——マスコミが私のところへもコメントを求めに来た。

「私はあの方たちのことはお話ししないんです」

と私は言った。

「しかしお親しいんでしょう?」

相手は食い下がってきた。

「ええ、お親しいから言わないんです」

私には死と共に持っていこうと思う友人の秘密が幾つもある。私はその人と親しいと言わず、その人のことを語らないから、友情が続いてきたという実感がある。すべてこれらの経過には時間がいる。だから中年以後にしか人生は熟さないのである。

「中年以後」

16 信頼を得る方法

常識というものはつまらない凡庸な美徳だが、意外なことに翔はその常識で、今までずいぶん得をしてきたような気がする。今のことだって、本当は、平田という人は、翔を信頼する何の保証も持ってはいなかったのだ。ただ、翔は立て替えてもらっていた小額の金を払いたいから、と言った。金を取り立てるために相手の住所を聞く人はいくらでもいるが、金を払うために住所を調べる、という人間はぐっと数が少なくなる。そのことを平田という人は感じていたから、翔の言葉を信用してくれたのだろう。

「夢に殉ず」

17 強烈な人たち

昔私たちが相対した人間はすべて強烈な実在だった。だから友情は大切で、恋もすばらしかったし、裏切りは許し難かった。親は多くの場合、扱いに困る暴君だったが、それを足場に子供は大きくなった。先生は時には生徒の横面を引っぱたいたり、居残りや立ちん坊を命じたが、先生と生徒の間には深い人間的なつながりがあった。

「謝罪の時代」

【出会い】

18 出会いは神と人との合作

「人が誰かと引きつけられるように会う時、そこには説明できない何かがある、と申します。まさに神と人との合作のような瞬間でございましょうな」

「どうしてそうなったか、計算してそうなる部分と、計算できない部分と両方だな。しかしその瞬間にはもう理由はどうでもよくなるんだ。私は何度もそうした瞬間を体験した」

「狂王ヘロデ」

19 人と触れ合うことのありがたさ

「でも、私、寂しさに耐えることが、生きるということだと思ってるから。それに、これだけいつも一人でいると、どこへ行っても、誰に会ってもありがたくて楽しいのよ。この家に強盗が入って、一晩ゆっくり喋《しゃべ》っていってくれたら、私、上等のコニャック出しちゃうわね」

「神の汚れた手　上」

20 人は生きれば生きただけ人に会い、それが財産になる

人はいたずらに年を取るわけがない。生きれば生きただけ人に会っている。これは一種の財産である。

人を通して、私は表現まで習った。

一般的には、人は良識的で慎ましく、誠実で高級な暮らしをしているように見せることを心掛ける。私ももちろん毎日の生活の向上を示すような上品な生き方も見習った。貧相に見えないスーツの袖丈とか、比較的脚のきれいに見えるスカートの長さなど、す

べて友達が教えてくれた。袖丈は、軽く肘を曲げた状態で手首の骨が隠れる長さにする。脚が太く見えない基本的なスカート丈は、大きくて醜い膝の骨がちょうど隠れる寸法、というような知識である。

しかし私は同時に、反対の表現も人から習った。ばかに見せること、図々しく振る舞うこと、通俗的な面を強調すること、かなりずぼらだと思わせること、冷酷さを印象づけること、守銭奴的な言動を取ること、すべて友人から習ったのである。

「中年以後」

21「人間の悪い人」と出会う楽しみ

食い物と景色のいい町で、人間のいい所はない、か。太郎は呟《つぶや》いてみた。なかなか味のある言葉だった。それは将来、おおいに、太郎の「商売」にもかかわってきそうな言葉だった。もっとも太郎は、他の人たちのように、「人間の悪い人」を嫌いではなかった。それは逆に人間であることの証《あかし》だった。むしろ「人間の悪い人」になるには素質がいると思った。太郎は、これから長い一生に、どれだけ「人間の悪い人」に会えるだろうか、と思った。すると理由もなく、楽しみがこみ上げてきて、太郎はベンチから立ち上がった。

「太郎物語　大学編」

22 別れがあるから出会いがある

「三十年以上会ったこともなかったものですから、よくわかったと言ってもいいくらいです。子供が大人になった後で見分けるのはむずかしいですからね」

「響ちゃんは、ユーモアがあるだけで、昔からずっと大人よ。それに別れて会って、それがなかったら、人生はつまらないでしょう。第一別れないと、会えないのよ」

「アバノの再会」

23 どの人生もすばらしく、終わりがあるから輝いている

本当はどんなに若くとも、もう生きて会える時間は数えるほどしかない。会ったところでどうなるというものでもないが、私は多くの人と会って楽しかったのである。人の

向こうに一つ一つの人生が輝いている。人生を眺めさせてもらうことは、何よりも光栄だし、心をとろかすほどのすばらしさを味わえるのだ。

そして敢《あ》えて言えば、終わりがあるから人生は輝くのだ。終わりのない言葉も、終わりのない小説もない。

「謝罪の時代」

24 お金ではない財産

〈僕は小波さんみたいないい人にうんと出会ったんだよ。だから、僕はお金はないけど、とても財産家だと思っている〉

「極北の光」

【人間関係を築くヒント】

25 世間体を捨てるか、友達を諦《あきら》めるか

「友達には本当のこと言えないんです」

なぜなのか。小母《おば》さんによると、こういう人は見栄が禍《わざわい》している場合も多い。人間は本心と真実をさらりと言えるようになると、おのずから周囲に本当の友達ができる。これを喋《しゃべ》ると世間体が悪い、と思っている限り、本当の友達はできない。世間体を捨てるか、友達を諦《あき》めるか二つに一つである。いわばこれは、その人が自ら選ぶ生き方である。

「ボクは猫よ　2」

26 可もなく不可もない会話では友情は育たない

大体、可もなく不可もない会話で、友達などできるわけがないのである。私にとって、会話には、甘さもいるが辛《から》さも必要だった。それはたとえて言うと、いささか田舎臭い家庭料理の味で、上品な料理屋の味つけではない。私は四十歳を過ぎてからたくさんの

友達ができたが、その理由は、かなり危険な会話をすることで、お互いの立場を確かめられたからだと思っている。

「中年以後」

27 人にも相性というものがある

自然には相性というものもれっきとしてあった。

〈ウドは一キロ以内に松があったらあかん。アクが濃うなって食べられれん〉

だから味のいいウドは、近くに松の生えない土地にできる。

〈赤松がいかんがやちゃ。五葉松はいいがやぞ〉

人間も同じなのだろう。どうしてもその存在が相いれないという相手もいる。それと一緒に一蓮托生《いちれんたくしょう》して生きたりすると、自分のアクが濃くなるばかりである。だから翔は一生職に就かなかったのだ。

「夢に殉ず」

28 相手から絶交されても、こちらからは絶交しない

「あの人にはね、私、忠告なんてしたことないの。友達というものは、本当はどんなに賢くても愚かでもいいのよ。それなりに決定的な価値があります。だから私は、自分の方から、人と絶交したことはないの。利己主義で、自分の心の安静のために、そっと遠のいたことはありますけどね。相手を嫌《きら》うのが嫌《いや》だったから。でも向こうから絶交を言い渡されたことは何度かありました。その時は言い訳なんか全くしないで、絶交されてたの。

でも、響ちゃんとは、一生そんなことにはならないと思う。それにもう付き合う時間も限られてますしね。だから時間が短いということもすばらしいことなのよ。私たちは寛大を学ぶんでしょうね」

「アバノの再会」

29 人は風上に立てておく

職場の人間関係をむずかしくしているのは、勝気で、人と競争することだ、と光子は

早くから悟ってしまっていた。いつも人を風上に立てて頭が足りないのではないかと思わせておけば、めんどうなことの七割は防げる。

「極北の光」

30 愛してだけいられるのは、無責任だから

「僕は、くだるのやくだらないのや、いろんな本を読むんですけどね。その本の中に、こういうのがあったんです。或る人間が、或る土地に愛着を感じているうちは虚偽的だ、って」

「へえ」

「つまり、その土地と深くかかわりを持たないうちは、無責任に愛していられるんですね。その典型は、旅人、つまり観光客なんです。しかし、愛してだけいられるのは、その土地について、何も責任がないからなんだ。本当にその土地に住んで、その土地の人と商売をしたり、一緒に何か仕事をやったりすると、必ず、相手を憎むようになってくる。憎みながら愛する、愛しながら憎む、どっちでもいいんですけど、そうならなきゃ、

本当にその土地とその人とのつながりができたことにはならない。だから小母《おば》さんは、本当にこの土地に住んだっていう資格ができたんです」

「太郎物語　大学編」

31 「不治」の部分ごと人を愛する

妻の小萩の最後の病状も同じだった。劇的に治るとは思えない、その意味では「不治の病」だった。しかし当事者の友衛はそれほど不幸ではなかった。小萩との暮らしに、病気が入り込んだと感じていた。考えてみるとあらゆる人間は、すべて不治の部分を抱え込んでいる。性格も肉体的特徴も体質も、すべてが不治であった。そうした不治の部分を抱え込んだ人間そのままを、人は愛するようになってしまえるのだ。

「アバノの再会」

32 愛よりも憎しみは長続きする

「私ね、彼を愛している間は苦しかったわ。でも、今、少し憎み出したら元気が出てきました」

「愛なんてだめなんだよ、不安定で。愛に比べたら、憎しみは長続きする。僕はこの頃、愛するのと憎むのと、さして違わないような気がしてきたな。ことに憎しみも悪くないよ。憎しみという形で、どん底から安定した人間関係って、よくあるからなあ」

「神の汚れた手 下」

33 迷惑をかけた方がいいこともある

時々、人間には変な気分があるもので、相手の大切なものを図々しく消費することで、人間は相手に喜びを与えることがある。つまり小母《おば》さんに言わせると、人間が猫と違っていかに高級かということは、相手に迷惑をかけることはいけないという原則が一方でありながら時にはかけた方がいいこともあり、原則として相手を損させることは避けるべきなのだが時として相手に出費させることも必要だ、という二重性にあるのだそうである。

「ボクは猫よ 2」

34 本音で語る神父

指導司祭の坂谷神父は長崎の五島のお生まれだから魚に煩《うるさ》い。トルコでもどこでも、魚料理が出る度に「こんな魚は長崎ではネコも食べない」と言う。すると周囲にいる人たちが「神父さま、そういう時でも、神父というものは『おいしいね、ありがとう』と言うもんですよ」と意見をするのだが「でも本当のことは本当よ」とにこにこ笑って自説を曲げない。だから私たちは好きなのである。

「すぐばれるようなやり方で変節してしまう人々」

35 怒ったら時間を空けること

延ばすという知恵は大切だ。誰かに抗議したくなったら、明日までメールを送るのを待ったらいい。誰かを殴りたくなったら、この次に会った時にすればいい。相手をなじる手紙を書いたら、封をするのは明朝にして、明日再度読み返してみるのだ。すると多分、気持ちはかなり変わっているだろう。

「謝罪の時代」

36 社会はオーケストラ

人間社会というものは、すべて《こみ》なんだよ。《こみ》の美しさだよ。オーケストラですよ。ソロじゃないんだ。オーケストラだから壮大で豪快で見事なんだ。

「神の汚れた手　下」

【考え方の違い】

37 この世には神も悪魔もいない

事情がわかると、簡単に、いい人だとか悪い人だとか言えなくなる。悪いことをしたのは間違いないことであろうが、その背後に、こういう子供の時からの不幸な体験があるからだろう、などということもわかってくる。すると、「あいつは悪魔だ」などとはとうてい言えなくなる。その反面、優しいばかりの人には、人生が本当にわかっているのだろうか、などという疑念を持つようになる。他人には優しいが、身近な人の不幸には何の手助けもしない、というような人はけっこう世間に多いものだ。すると「神さまみたいないい人ですよ」などという表現もしなくなる。
中年というのは、この世には、神も悪魔もいなくて、ただ人間だけがいるところだということがわかってくる年代である。

「中年以後」

38 正論を吐く人

正論を吐く人ってオッカナイでしょう。自分は悪いことしてないと思ってるんだから。その点、猫の生活はすばらしいのよ。猫には善悪の判断だけはないんです。猫にあるのは、率直な欲望だけ。それも欲望は力で戦い取るの。これ、悪いのかしらね。悪くないんだろうと思うわ。だって悪かったら、これだけ道徳好きな人間が集まってるんだから、不道徳な猫は全滅させよう、っていう運動始めるに違いないと思うの。それをしないとこみると悪くないんだわ。

「飼猫ボタ子の生活と意見」

39 悪は善を見極めるためになくてはならない貴重な存在

「ゴッドファーザー」のような悪人の登場する映画に人々は惹《ひ》きつけられる。

悪には存在感があるからだ。もちろん善による存在感の方がいいに決まっているが、存在感がないより、悪によるものでも存在感がある方がいいのだろうか、とさえ思うほどだ。

闇は光を、悪は善を、死は生を見極めるための貴重な存在である。それらの対極的な存在なしに、私たちの普通の能力では、光や善や生を認識できないからである。

「ほくそ笑む人々」

40 否定できないから善意は困る

「善意ほど困るものはないのよ」

私は言った。

「そう思いますか。善意を否定するのは、むずかしいね、って僕は言ってたところなんですけど、善意はやっぱりよくないですか」

「否定はしません。ただ、善意の持ち主はいい気分で、こちらは深く困るだけなの」

「一枚の写真」

41 皆が小利口だと大人物は出ない

「神父さま、いつか私たちの仲間が話し合ったことあるんです。或る国民の大部分がそう言っちゃあナンですけど、総じて頭もあんまり切れず、学問もないというところには、図ぬけて偉大で哲学的な人物が出ることがある。ところが日本人みたいに、国民全部が粒揃いで、皆が小利口だとちっとも大人物が出ないんじゃないか」

「それは当たってますなあ。振幅が小さいですね」

「ボクは猫よ」

42 自分と違う考え方にもまれて、初めて自分の哲学を持つ

「私たちは常に、自分と違う生活、自分と違う考え方の中で、強烈にもまれなきゃいけない。その時初めて、平凡な我々でも哲学を持つようになりますよね。でも、日本のや

ってることは、できるだけ平均化して、ならして、辺り見廻しても、似たり寄ったりの幸福と似たり寄ったりの不幸しかないようにしようとしている。また、世間もそうしないと気が済まない。為政者を許さない。だから、精神の栄養はジリ貧になってくる。それがわかってないんですね。でも、まあ、私なんかも秋になると、うちを始めとして、どこの家でも一せいにできるだけ安いサンマ食べていられると思うと、めっぽう幸せになる方ですけど」

「ボクは猫よ」

43 人の輝いているところが見えてくる

中年になるほど、好きな人が増えた。若い時は許せなかった人でも、その人の一部が輝いているところが確実に見えるようになった。若い時からこのような眼力が身に付いていれば、さぞかしすばらしい人間になったろうが、それは無理なことらしい。人は普通に成長するだけで文句は言えない。それは言葉を換えて言えば、どんな人でも中年になれば、人生と人の理解がずっと深まるということなのだ。

それは純粋に快楽が増えるということだ。私たちは映画館や劇場だけで人生を楽しむのではない。一番すばらしい劇場は、私たちが生きているこの場である。そこを通過するあらゆる人にドラマと魅力を見出せれば、こんな楽しいことはない。

「中年以後」

44 好きではないが

好きになれない人はどうしてもできてしまうだろうが、その人をいらないと思うことは高慢なのである。

「時の止まった赤ん坊」

第五章

人生の哲学

【試練】

1 人生は不幸が基本

孤独と絶望こそ、人生の最後に充分に味わって死ねばいい境地なのだと、私は思う時がある。この二つの究極の感情を体験しない人は、多分人間として完成しない。もちろん誰もが、端然と見事にそれに耐えるわけではない。我々の多くが、そこでたじろぎ、泣き言を言い、運命を呪《のろ》う。しかし、だからと言ってその境遇が異常だということでもないし、その人が人並み外れた不幸に直面しているのでもないのである。人生の原型は不幸が基本なのである。

「昼寝するお化け」

2 肉体の衰えと引き換えに、人の魂は完成に向かう

病気や体力の衰えが望ましいものであるわけはない。しかし突然病気に襲われて、自分の前に時には死につながるような壁が現れた時、多くの人は初めて肉体の消滅への道

と引き換えに魂の完成に向かうのである。
体力の線が下降し、精神の線は上昇する。その線はどこかでぶつかる。その交差点を見るのが、中年以後である。

「中年以後」

3 外見の魅力は失《う》せても

「人間を止《や》めない人」

伸びたパーマの根っこから
染め残した白髪が無残に伸びているから。
ああ、あの人は女を止めたのだな。
だから灰色の枯葉模様のぽりえすてるのちぢみのブラウスを着て、

だから丈の短いズボンをはいて、
だからくたびれた靴を内股にして、
座っているのだな。

ところが突然、赤子を胸におぶった若い女が
ちょっと離れたところに向こう向きに立ったのに、
無関係のはずの女を止《や》めた人が、
つっと立っていって若い女に席を譲った。

女を止めても、人間を止めてはいない人。

「中年以後」

4 哀しさを知ることも人生の恩恵

生涯には、何に対しても自信を持てる時代も必要かもしれない。しかし同時に、自分

を哀しく思う日々も実に大切なのだ。その時、肉体は衰えているのかもしれないが、もしその現実にきちんと向き合えれば、精神はかつてないほど強靭《きょうじん》に充実している証拠だと、私は思う。

ありがたいことに老年の衰えは、誰にもよく納得してもらえる理由だ。その平等の運命を敢然として受けることが老人の端正な姿勢だと私は思う。最盛期を体験するのも恩恵だが、哀しさを知る時期を持つのも、人間の生涯を完成させる恵みの一つなのである。

「言い残された言葉」

5 人間は不安の極みから歩み出す

大一郎はふと、自分には子供がいないことを思った。子供もなく、まとまった仕事もせず、時いたれば、ころりと死んでそれでおしまいなのか。

いや、実は、人生とは、そのことを悟るために用意されているのかもしれない。その虚《むな》しさを噛《か》みしめることが、一生にただ一度でもできたということが、この世に生きてきた、唯一の意味だったのかもしれない。

大一郎は、その時不覚にも、涙が溢《あふ》れてくるのを感じた。彼の目の中で、町の灯が歪《ゆが》んで流れた。しかし今この瞬間、自分は人間だ、と大一郎は感じた。この悲しみは間違いなく人間であることの証《あかし》であった。そうだ。これはどうにもならないことなのだ。ただ、耐えるほかはない。黙々として。捨て犬のように。そこで初めて——不安の極みまで追いつめられてから、人間は歩き出すのだ。

「円型水槽　上」

6 厳しいと気力が湧いてくる

「僕は山の見えるところが好きだったんです。寒さも雪も厳しいんですけど、厳しさがないところでは、人間は健全な心を保てないような気もしていました。厳しいと、人間にはむしろ生きる気力が湧くんです。

空調というのは人間の敵ですね。都会で暮らすには、空調がいることもわかるんですけど、ああいう中にいるから、ノイローゼになる人が出るんです」

「ブリューゲルの家族」

7 苦悩は人間にとって大切な要素

しかしこれは言っておかねばならない。苦悩ということは、人間にとって極めて大切な要素だということです。苦悩のない人間は、人間性を失う。神も人も見なくなる。

「哀歌　上」

8 紀元前からの愚と迷い

——人間は、実に不気味なほど変わらない。進歩もない。変化も変質もない。紀元前の海の向こうの世界に住んだ人々も、今この土地に生きる我々も、同じような愚と迷いを引きずっている。

その中で、輝くのは知恵——ということにはなっているが、ほとんど毎日のように叢《むら》雲《くも》がその前を横切るのをどうしようもない。

「アレキサンドリア」

【達観】

9 思い通りにならないことをおもしろがる

若い時は自分の思い通りになることに快感がある。しかし中年以後は、自分程度の見方、予測、希望、などが、裏切られることもある、と納得し、その成り行きに一種の快感を持つこともできるようになるのである。つまり地球は、自分の小賢《こざか》しい知恵では処理できないほど大きな存在だった、と思えるようになる。そう思えれば、まずくいっても自殺するほどに自分を追いつめることもないだろう。反対にうまくいっても多分、自分の功績ではなくて運がよかったからだ、と気楽に考えられるのである。

「中年以後」

10 生きることは運命を受諾すること

「人間の運命って、とにかく誰にも操作できない。戦後の社会が、浅ましくなったような気がするのは、誰も運命というものを、慎んで受諾しなくなったからなのよ」

「飼猫ボタ子の生活と意見」

11 病気はていねいに扱わず、できるだけ軽くやり過ごした方がいい

私は総じて健康だから、病弱な人の代弁をすることはできないのだが、病気というものは綿密に付き合っていると、なかなか出ていってくれないものなのだ。少々でたらめに、いい加減にあしらっていると、待遇が悪い人間は嫌いなのか、いつのまにかいなくなるような気がする。

病気に対するこのような一種のあしらい方など、若い時の私は考えることもできなかった。しかしこの年になって自分自身の姿や周囲を見廻すと、病気に対して「ていねいでない」人の方がはるかに元気に生きていることがわかったのだ。病気以外にすることがたくさんあって、病気のことなどあまり考えていられないのがいいようだ。病気も一つの人生の出来事と思い、できるだけ軽くやり過ごすという姿勢が必要なのである。

つまり人生で、人間は何度も病気にはかかるだろうが、死ぬのは一回だけなのだし、その一回さえ済めばそれ以上何度も死ななくていいわけだ、とたかをくくることが大切

なのである。

「謝罪の時代」

12 好調の時は運を分け与え、どん底にいる時はこれ以上沈まないと楽観する

私くらい長い間生きてくると、権力や繁栄をまっしぐらに飽きることなく求めるという生活は、必ず後で大きなしっぺ返しを食うことが眼に見えるような気がするのである。人は誰でもささやかな幸福を求めて自然だ。そのために、ちょっとしたぜいたくをしたり、けちな優越感を持っても咎《とが》めることはできない。

しかし好調の波に乗っていると思われる時には深く自省し、その幸運を周囲に分け与えて圧を減らすくらいの操作は必要だ。反面、どん底に沈んでいる時には、これ以上沈むことがないという地点は、なんと安定感がいいものだろう、と楽観する知恵を持てばいいのである。

「安心したがる人々」

13 すべての仕事はちょぼちょぼやって、未完で終わればいい

すべての仕事は眼についたところからちょぼちょぼやればいいのだ。そして未完で終わればいいのだ、と私は密《ひそ》かに思っている。神のごとき公平な判断とか、すべての仕事を完璧にやり終えて死ぬことなど、私たち人間にはできることではない。

「ほくそ笑む人々」

14 当てにしなければ裏切られない

宇佐美は誰の記憶の能力も信じなかった。記憶だけでなく、誰のどんな能力も、信じたり、当てにしたり、それを利用して便利な思いをしようとは思わなかった。当てにしなければ、裏切られることもなく、従って怒る理由もないわけである。だから、宇佐美は、最近ではもうほとんど怒ったという記憶がなくなっていた。

「観月観世」

15 人生には辛《つら》いことが多くても、楽しい時間も優しい時間もある

「僕はこの道歩くと、人生の縮図見てるみたいな気がするんだ。この地球上に、自分の行ってみたこともない土地がいっぱいあって、会ったこともない人がたくさんいて、皆に運命の浮沈があって、結局、大したこともできずに死ぬんだけどね。その人たちの一生の持ち時間のほとんどは、苦い辛《つら》い体験ばかりかもしれない。しかしその間にも、楽しい時間も優しい時間もあったのは間違いないんでね。それがありがたいね。この道を歩いてると、そのことがよくわかるんだ。ひしひしとわかる」

「神の汚れた手　下」

16 暗さと向き合う

でも、前にも、あなたに申しあげたような気もするのですが、私は、暗さと徹底して向き合う、という姿勢が好きなのです。一つには、暗い思いになった時、私たちはじっとなすすべもなく耐えているより仕方がないからです。そしてまた、すべての生活は、暗いのが基本だと、私は思っているからです。

「ブリューゲルの家族」

17 無名の幸せ

翔は今、この場に「世間」が誰一人として立ち会っていないことを幸せに思った。無名であること、隠れて暮らせること、失うべき名誉も何も持ち合わせないことは、壮麗な宇宙の星の一つのような自由を与えてくれる、と感じることはよくあった。

「夢に殉ず」

18 人間の死の何という軽さよ！

世の中には、一人の人を死なせないために、何人もの医師団がついているような人もいる。明らかに人の死にも軽重があるのだ。しかし、いかに重要な人でも、その人の死によって世界が狂ったり立ち行かなくなったりしたということはない。その人の死後にも、野山には、若葉が芽ぶき、けんらんたる花が咲く。その営みは少しも狂うことがない。人間の死の何という軽さよ！　自然は一人の人間の死について、まさに何一つ記憶しようとせず、いたみもしないのである。

「ボクは猫よ　2」

19 人生とは

「そうだ、人生はおっかないもんだ。そしてお前の年では考えられないほど、儚《はかな》いもんだ」

「非常識家族」

【経験】

20 人間は年月に育てられ、たいていは年を取るほど賢くなる

人間を育てる最大のものは、もしかすると月日なのではないだろうか。年月はごく自然に、特別に一円も余分な授業料を払わなくても、人生の細部を明るみに出してくれる。それがたいていの人を賢くさえする。年を取ってもまだ利己的で、自分に関係のある小

さなことにしか興味のない人がいたら、それは確かに年月がその人を育てなかったのだが、まあどんな場合にも例外はあるのだ。

「謝罪の時代」

21 自分の愚かしさを通して、人は賢さを身に付ける

年を取るほど、私は人間の自然さが好きになった。いいことではないが、腹を立てる時は立てたらいいのである。愚かしい判断をしそうになったら「愚かだなあ」と自分を思いながら、愚かしい判断に運命を委ねたらいいのである。その愚かしい経過がないと、人間は身に付いた賢さを持てないような気もする。

「中年以後」

22 逆説の発見

他人に深い思いをかけなければ、眼が澄んでくる。とことん親切にもしないかもしれないが、深く憎むなどという野暮《やぼ》もしない。淡々とするべきことをする。淡い交遊はさ

らさらしていて、春の小川のようなものだ、と宇佐美はできの悪い駄洒落《だじゃれ》を言う。薄情が道徳にも通じるなどということを、宇佐美は若い時には考えもしなかったものであった。年を取ると、こういう密《ひそ》かな逆説がどんどん増える。この手の発見の楽しみがあるとは全く知らなかったのだから、若いということは貧困なものだ。

「観月観世」

23 ぜいたくをして知ること

ぜいたくもなかなかいいものだ。ぜいたくをすると、或る瞬間からそうした俗念の執着からきれいに脱却できる。何が大切で、何が虚《むな》しいか体験的にわかるのである。それがわからない人はむだに生きたことになる。

「すぐばれるようなやり方で変節してしまう人々」

24 いい加減に考える

律儀がいけないなら、何がいいんだ、と私は欠伸《あくび》をしながら考えました。小母《おば》さんがいつも言うのは、いい加減に考えていくということなのね。

お医者がそうだ、と言ったら「そうかもしれないけど、そうでないかもしれない」と思えばいいんですって。お医者から「ガンだ」と言われたら「そうかもしれないけど、もしかすると、急に治ることもあるから」と考えたらいいということね。

だから、日本経済は当分大丈夫だ、っていう新聞の論調が出たら、これはもしかするとすぐコケルんじゃないかと思って財布の紐を引き締め、間違いなく今年は大地震がある、という占師の予測があったら、今年は大丈夫なんだな、って思えばいいんだって。何てでたらめで楽な話なのよ。

それを何もかも律儀にやってると、人の流れに呑《の》まれてひどい目に遭うそうです。万事、いい加減に受け止めてれば、そんな深刻なことにはならないのよね。


「飼猫ボタ子の生活と意見」

【老いて知るべきこと】

25 年を取ることは自由になること

お前はまだ若いから安全に生きなさい。しかし僕は年寄りだから自由に生きる。自由は年寄りの特権でね。

「非常識家族」

26 「勇気」「奉仕貢献」「卓越」

もう何十回も私はエッセイの中で、「徳」を示すアレーテーという古代ギリシア語は、「勇気」「奉仕貢献」「卓越」と全く同じ言葉だと書いた。私のエッセイを読んでくれている読者はごく稀《まれ》だと思うから、私はもう一度それを繰り返すことを許していただきたい。中年になっても、いささかも「奉仕貢献」などしようと思わない人は、徳がないのだ。徳がないことは卓越もしていない証拠なのだ。少なくとも、ギリシア人は、もう数千年も前からそう考えた。

中年になっても、確信を持って人と違うことを言ったりしたりする勇気を持たない人は、徳もないのだ。当然卓越もしていない、とギリシア人は考えた。この偉大な連動的な思考に私は圧倒される。

「中年以後」

27「徳」は、年齢と共に増していく年月の自然な恵み

トマス・アクイナスは知性の徳と、意志の徳(道徳的徳)とを区別した。知性の徳には、理解、知識、知恵、思慮分別の四つが区別された。一方、道徳的徳には三つの特徴があった。正しさ、中庸、勇気であった。どの一つを取っても、それは中年以後に独壇場と言ってもいいほどの特徴を見せてやってくる。人はまともな生活を続ければ、それなりに自然に、理解も、知識も、知恵も、思慮分別も、年齢と共に増すのである。まともな生活をしなければ、老化が早く来るから、この年月の自然な恵みが与えられないことになる。

「中年以後」

28 人間の完成は中年以後にやっとやってくる

青春時代に人間は、ハードを完成させ、中年以後に豊かなソフトを用意する。いきなりソフトができるものでもないし、ハードだけあっても、ソフトがなければ、機能は完成しないのである。

徳こそは人間を完全に生かす力になる。

すなわち、「思慮分別は理性そのものを、正しさは意志を、中庸は魂の欲情的部分を、勇気は魂の怒りの感情を、完成させる」のだという。

思えば人間の生涯は、そんなに生半可な考えで完成するものではないのだろう。時間もかけ、心も労力もかけて、少しずつ完成する。当然のことだが、完成は中年以後にやっとやってくる。

そのからくりを、私は感謝したい。完成が遅くくるのは、人生が「生きるに価《あたい》するものだった」と人が言えるように、その過程を緩やかに味わうことができるようにするためであろう。早く完成すれば、死ぬまでが手持ち無沙汰《ぶさた》になってしまう。そんな運命の配慮を、私は中年以後まで全く気がつかなかったのである。

29 寝なくて済むありがたさ

「中年以後」

「年取って少しずつ睡眠時間が短くなった時、私は、ああ、ありがたいことだ、って思うようになりましたよ。昔は睡眠時間が少なくなると苛々《いらいら》したもんですよ。しかし、考えてみれば、死ねばいくらでも眠れるんですからね。毎日、あくせく眠ろうとすることはないんですよ。そう思ったら、少し不眠の気味があっても、気楽になりましてね。それより、今この一刻を起きていて、何かに使うことができるなんて、なんてぜいたくなんだろうと思えるようになったんですよ。お祈りは時々うまくいきませんが、死ぬまでにすることは、たくさんありますからね。うかうかしてる暇はないんですよ。寝なくて済むということは、本当にすばらしい老年への贈り物なんですよ」

「心に迫るパウロの言葉」

30 幸せな生涯

「そうなの。僕、いつもいつも感謝することがいっぱいある。どうして世間の人って、もっと自分が持ってるものに感謝しないんだろう。

僕なんかほんと、幸せだったよ。葉子もいい女房だし、他の女たちも、いい女ばっかりだったから。それに僕、一生お腹《なか》も空《す》かせずに生きられるんじゃないかと思う。こんな基本的なことが保証された生涯なんて、そうざらにはないんだよ」

「夢に殉ず」

31 よき晩年

晩年がすばらしかったということは、人生に成功したということでしょう。

「時の止まった赤ん坊」

第六章

死について考える

【信仰】

1 宗教を怖がらなくてよい

私は神という概念がないと、人間が自分の立場を逸脱すると感じるから信じているので、それはことに人生の危機に当たって重大な意味を持つ。信仰は今も昔も、神と人間を厳密に区別し、冷静な判断を保ちつつさらに深い迷いを持ち続けられれば、自制と疑念も残って危険でもなんでもない。

信仰はまず迷信を否定している。いつも言うことだが、教団の指導者が質素を旨とし、清貧に留まり、金銭を要求せず、最終的には個人の選択の自由を認め、教団の組織を政治や他の権力に利用しようとしない限り、別に用心する必要はないのである。

「流行としての世紀末」

2 苦悩には意味がある

人が何かを与えられるのも、取り去られるのも、私たちからすれば神の計画なのである。

だから、私たちの責任ではなく、過失ではなくて私たちの上に起こることは、私たちにとって恥でもなく、勲章でもなく、一途《いちず》に悩み嘆くことでもない。もちろん病気が発見され手術を受けなければならないことは、その人と家族にとっては災難である。しかしその背後に、この苦悩には何か意味があるはずだ、と薄々感じられるのが信仰なのである。

「謝罪の時代」

3 信仰はあらゆる瞬間について廻る

信仰というものは、その人の生のあらゆる瞬間について廻る。いいことをする時だけでない。悪さを企《たくら》む時などに、もっとも信仰の存在は濃厚に出るのである。

「すぐばれるようなやり方で変節してしまう人々」

4 祈ればわかる

「私としてはもう迷うことはないと思いますが……。キリスト教の方ではこういうことを何とおっしゃるんでしょうか。つまり、今日私が全く偶然に神父さんにお会いしたこと。私がこういう状況にいたこと。しかも私が、こんなにお近くにいたこと。これらを、どういうふうに、おっしゃるんでしょうか。私どもは普通、仏縁というような言葉を使いますが……」

「カトリックでは、神の配慮《おぼしめし》という言い方をする時もあるんですが。しかし、それがはたして本当に、配慮かどうか、祈ってみないことにはわかりませんな」

「祈ればわかりますか？」

「それはあなた、わかりますよ」

神父は、のほほんとした顔つきで答えた。

「円型水槽　上」

5　何もないことは幸いである

もうこれで、金は一ドルもなくなった。金に頼ることは間違いだ、と思っているのに、まだ自分は最後にこうして隠し金を持っていた。それをいつかは出してしまうべきだ、と感じていたのだから、これでよかったのだろう。もうこれからは、自分の才覚で使えると信じている何の現世の力も武器もなくなった。イエスが「貧しい者は幸いである」とおっしゃったのは、金も物も健康も才能も親や親戚《しんせき》の力も何もなければ、神だけを見るようになるからだ、ということなのだ。巡り巡ってやっと貧しい者になった。

「哀歌　下」

6 泣くことは神と語ること

「そういう傷は、神だけしか癒《いや》せないものだろうな。あなたも泣くだけ泣いた方がいい。泣くことは神と語ることだからすばらしいことなんだ」

「哀歌　下」

7 神に会っていれば

「神さまに会ってたとしたら、死ぬことも、我々と少し意味が違うかもしれないね。お馴染《なじ》みの人に会いに行くようなもんだろうから」

「アバノの再会」

【人生の収束】

8　撤収は発展よりむずかしい

「すべて人生は、常に撤収する時のことを考えて生きるべきだ。撤収は、前進や発展よりはるかにむずかしい」

「非常識家族」

9　自分が消える日のための準備

人生の最後に、収束という過程を通ってこそ、人間は分を知るのだとこの頃思うようになった。無理なく、みじめと思わずに、少しずつ自分が消える日のために、ことを準備するのである。成長が過程なら、この時期も立派な過程である。

余計なものはもう買わない。それどころか、できるだけあげるか捨てて、身軽になっておかねばならない。家族に残してやらねばならない特別の理由のある人は別として、家も自分が死んだ時にちょうど朽ちるか古くなるように計算できれば最上だ。

10 末席の楽しさを知る

今まで何か催しがあれば、上席に据えられていた身分の人でも、職を引き、年を取れば、ただ年齢の上で労《いたわ》られるだけの人になる。最近の風潮では、高齢者だからと言って労ることとさえせず無視されて末席に捨て置かれるかもしれない。しかしその時こそ、末席の楽しさを知るべきだ。末席が一番よくすべてが見える。聖書にも、末席に座ることを勧めている部分がある。

今までの権力や実力の座から離れ、風の中の一本の老木のように、一人で悠々と立つことを覚えるべきなのだ。今までは、会社や組織という系列で守られた並木の一本であった。或《ある》いは文化財に指定されて皆が見物に来るような名木でありえた。そうでなくてもしっかりした木は、材木として価値はあったろう。しかし古い木は薪の値段になる。はたの評価はどうでもいいのだ。きれいに戦線を撤収して、後は自分のしたいような時間の使い方をする。誰をも頼らず、過去を思わず、自足して静かに生きる。それがで

「中年以後」

きた人は、やはり一角《ひとかど》の人物なのである。

「中年以後」

11 儀礼を欠席することについて

「僕ね、生きている人の魂の存在は信じられるけど、あの世へ行っても、それが続くかどうかわからないから、供養《くよう》とか何とかいうものの必要性も信じないのよ。死んだらもう現世とは一切関係ないんだと僕は思ってるんだ。だから、おやじさんの魂に関する行事は、以後勘弁してください。僕、他人がやることだって、そういう儀式には一切出てないのよ。だから、父親のことに関しても、儀礼的に出席する気、全然ないんだ」

「夢に殉ず」

12 古いものが繁茂しすぎてはいけない

松を切った後の明るさは、どこか心の中で、私に苦味を残していた。松を無計画に植え、育てた私が悪いのだ。切らねばならないようなら、松を最初から植えなければよかったのだ、と心が責められたのである。

たった一つのその苦味が救われるのは、松を切ったことで、私が一つ学んだことをはっきりと心に自覚した時だった。それはすべての人は、後世の人たちのために、適当な時に死んでやらねばならないことを認識するということである。

古いものが繁茂しすぎ、残りすぎたらどうなるのだ、と私は恐ろしく思う。それはものでも人でも同じだ。もちろん或る時期までの風避《よ》けは必要だ。しかし風通しも同時に大切なのである。

広くなった庭を歩きながら、私はこれを一つの教訓にしようと思った。教訓などという言葉は極めて私らしくないのだが。そうすれば切られた松の霊も恨まないだろう、とふと感傷的になったのだ。

「生きるための闘い」

【家族】

13 いるも良し、いないも良し

《ねえ、ねえ、親子っていうのは動物と同じで、ある時から相手に身の廻りにいられるとうっとうしいと思う要素があるんじゃないの？》

《両方だろうね。傍《そば》にいられるのも良し、いないのも良し》

「太郎物語　大学編」

14 憎み合うなら一つ屋根の下に暮らさない方がいい

電話を切ってから、貞春は、今の浅野夫人の声は、もう娘との関係に耐え切れなくなっている声だ、と思った。その心理の根はどこにあるのかわからない。ただ、世の中にはよく、親子だからこそ傷つけ合う、という例がある。親子の関係を解消しさえすれば、素直な気持ちになれる人たちが、一つ屋根の下に親子として暮らすというごく当たり前の状況を保とうとするだけで、憎み合ったり生命を賭けて相手を拒否したりする。その場合、一時的にか永久的にか親子でなくなれば問題の大半は解決するのだ。どちらかが、相手を嫌うあまり殺したり自殺したり病気になったりするくらいなら、まだしも家出をした方がいいことは明らかである。或いは家出よりももっとお手軽に合法的に一時的に別居する手もある。それがアパート暮らしだったり、こういう大して必要でもなさそうな入院だったりする。貞春は、それらを万事承知で、浅野千砂に逃げ道を作ってやってもいい、と思ったのであった。

「神の汚れた手 上」

15 暗い明かりに家族が寄り添う

小木曽とマリーの家が視界に入った時、その明かりが何て暗いのだろうと茜は思った。マダガスカル人の家が暗くても、普通は茜は何とも思わないのである。それは決してマダガスカル人の暮らしのレベルをばかにしているからではない。「クララ会」からの帰り、ほの暗い村の家の灯《ひ》を見て、茜は彼らの上には、夜の祝福があると思ったくらいである。茜は彼らの寄り添った生活が夜の闇によってむしろ温かく凝縮されることを知っている。

「時の止まった赤ん坊」

16 何を言われても信頼する

「実際の子は持ちませんでしたが、生涯、息子に優しい言葉をかけてもらう夢は持ち続けました」

アヒアブは微笑していた。

「お前も愚かだな。子など信頼できると思っているのか」

「何を言われても、信頼いたします」

「狂王ヘロデ」

17 母より早く死ぬこと

私が死ねばたった一度だけ、他の人にはできぬ孝行ができると信じています。それは、母上に、この世に深く絶望して、そして、意外にも心も軽く、死んでいただけるかもしれない、と思うことです。しがみついて、生きていなければならないようなこの世ではありませんでしたね、お母さん。

「すぐばれるようなやり方で変節してしまう人々」

18 離婚して魅力的になる

この人は聞くところによると、旦那さんと離婚している。離婚してから、はるかに美人になって、人間が魅力的になった、と小父《おじ》さんは言っている。全く人間というのは自主性のない下らない動物だ。猫の雌は、雄の存在くらいで良くも悪くも変わりはしない。

「ボクは猫よ」

19 妻の眉を引く夫

「あなた気がついた？　叔母さんが、きれいにお化粧してたの」

「いや」

「口紅もうっすらとつけてたし、眉も引いてたでしょう」

「そりゃ、女だから、ばあさんになっても化粧くらいするんじゃないかな」

「そんなことをしますか。ほっておけば、もう何日だってお風呂にも入らないし、着替えもしなくなってるのよ、叔母さんは」

そんなものか、と一郎は思った。

「私ね、あなたがトイレに立った隙に、叔父さんに聞いたの、お化粧のこと。そしたら毎朝、叔父さんが叔母さんに顔を洗わせた後で、必ず眉を引いて、薄い色の口紅だけ塗るんですって。それだけで若く見えるし、頭がしっかりしてる女のようになるからって」

一郎は軽く顔を顰《しか》めた。

「叔母さんは幸福だわ。看護をしてくれる夫だけだってなかなかいないのに、その上、眉まで引いてくれる夫なんて、ほぼ間違いなくいないと思うわ」


「アレキサンドリア」

【相続・遺言】

20 かわいい孫には残さない

「僕は今、何でも人にあげ癖がついてる。死ぬまでにものを減らさんといかんからな」

「お金は減らさなくていいよ。うんと残して死んでいいよ」

「それは期待はずれだな。金は人間に害毒を及ぼす。かわいい孫には、毒になるものはやれん」


「非常識家族」

21 財産の分配

「うっとうしいこったろうなあ。財産の分配に与《あずか》るくらいめんどくさいことはないからね」

「私らなんか、もらうものがありなさる人は羨《うらや》ましいですけどねえ」

女中は笑った。

「そんなことないらしいよ。遺産の相続合戦っていうのは、この世の地獄みたいだって。

僕はもらわなかったから、よくわからないけど」
「そうですか？　お客さんなんか、ごっそりもらわれた方のように見えますけどねえ」
「うちのおやじには後妻がいたのよ。後妻が全部もらうのが当たり前じゃないの。愛してた女なんだから。子供なんか、もののはずみでできただけだから、金なんかやらなくていいのよ。だけど、女にはやらなくちゃね。自分が好きで選んだ相手なんだから、お金や物を含めて、うんと幸せにしてやらなくちゃ」

「夢に殉ず」

22 子孫がいない特権

死後その金はどうするのだ、と聞かれたことがある。生臭い質問だ。しかし生気に溢《あふ》れた質問だ。

簡単であった。宇佐美には法定相続人が全くいないから、誰かがいささかの分け前を請求してくることもない。自分の名を残した財団を設立したり、今はやりの地球環境の整備に寄付をしたりする意図も全然ない。せっかく子孫がないのだ。地球の未来など考えないという特権を持っているのである。

宇佐美は一切の金を、国家が没収してくれるから、少しも悩まないのである。「役人がくだらないことに使いますぜ」という人がいる。結構な話だ。望むところであった。あの世があるかどうかはわからないが、あるとしたら、その天井桟敷《さじき》から、自分の残した金が役人共によってどんなに愚かな使い方をされるかを観る楽しみというものがあるだろう。自分の金でなかったら、この芝居のおもしろさは全くないのである。


「観月観世」

23 一瞬の感情で判断しない

「気短に判断をあそばしませんように。ことに遺言のようなものは、一瞬の感情でお書きになってはいけない、と存じます」

「わかっている。お前はいつも慎重派だ」

「今日判断いたしましたことが、明日の朝になると狂っていたと思われることがよくあるのです。私の場合でございますが……」

「その場合は、訂正するのか？」

ヘロデ王は質問した。

「間違いがわかりました場合は訂正いたします」

「しかし昨日の判断が間違いなら、今日の判断もまた間違いかもしれんぞ」

「そういうこともございます」

「いつまで訂正し続けるのだ」

「迷っているうちに、必ず動かない地点が見えてまいります。そこで決めます」

「狂王ヘロデ」

24 人の役に立てるという希望

「もし、それができたら、私は最低限、人の役に立てると思ったんですよ。献体すれば、まず角膜は使えるでしょう。臓器はもう年ですからね、お使いくださいったって断られてしまうでしょうけど、角膜はいくつになったって大丈夫なんですってね。実は私をかわいがってくれてた伯母が眼《め》が見えなかったんですよ。それを思ったら、私の角膜が使えるってことは大きなことだと思えてきましてね。まだいつ死ぬかわからないのに、なんだかふっと明るい気がしてきたんですよ。よく当人が献体してくれって言ってたのに、遺族が反対してだめになるっていうことがあるそうですから、そういう時には、曽野さんも私の望みがそうだった、ってはっきり主人にも言ってくださいね」

私と彼女はいくらも年が違わない。こちらが生き残るという保証もないのだが、私はそうしましょう、と請け合った。

「心に迫るパウロの言葉」

【死について】

25 自分の引き際は自分自身で決定する

年貢の納め時、という言葉を私は好きだ。人にもものにも、すべて限度がある。しかしそれは、自分で決定すべきで、それが自由人の選択である。他人にあなたはそろそろですよ、と言われることもない。しかしいつまでもしがみついていることもない。

人間らしさと人間の尊厳は、生だけでなく、死についてもある。

「ほくそ笑む人々」

26 一人ずつ消えていくのは自然なこと、不本意に思うことはない

もう少し、同級生の彼女には元気で暮らしていてほしかった。一緒に旅行もしたかった。しかし人間は一人ずつ消えるのが自然なのである。英語で言うと、それは「ノーマル」（自然）なことなのだ。イタリアで暮らす友達は「ノルマーレ」だと言う。隕石《いんせき》が落ちてきて地球が壊滅しかけたとか、地震や津波が押し寄せたりしたというなら、それは異常事態で、それに遭遇した人間はその不運を悲しんだり怒ったりしても仕方がない。しかしノーマルなら、それを不本意に思うことはない。ノーマルということは、それほど偉大なことなのだ。

「謝罪の時代」

27 立派に死のうというのは思い上がり

つまり、自分はとうていこんなふうに死ねはしないということは小母《おば》さんにはわかっている。本当は、小母さんも立派に死にたいのである。しかしそうはいかない。イタイ、イタイと喚《わめ》き、看護をしてくれる人たちに感謝するどころか当たり散らして死ぬに違いない、と薄々わかっている。だからそのように浅ましく死ぬことに意味を見つけねばならない。

そうだ、それが普通の死に方というものなのだ。我々はすべて普通でいい。とりわけ立派に振る舞おうなどというのは思い上がり、というものである。第一身近な人に立派に死なれると、他の人々は感心するかもしれないが、自分はとうてい、ああはなれない、とひがむであろう。浅ましく死んだ身内を見れば、自分はあれよりましに死ねるかもしれないと思って希望を抱くであろう。

そうだ、自分はじたばた騒いで死ぬという形で、一族の希望の星にならねば、などと小母さんは考えるのである。

「ボクは猫よ」

28 死ぬのもまたいい

「今度は、天国で会えるでしょう」

鱸《すずき》がそのミハイルの言葉を淡々と通訳している間、ミハイルは微笑していた。

「そうだね。それくらいでちょうどいいかもしれないねえ。私たち苦労してきたもんは、死ぬのもまたいいもんだ、って思えるんですよ」

その言葉を伝えると、ミハイルは笑って深く頷《うなず》いた。

「観月観世」

29 死は不成功ではない

人間は日々刻々死んでいく、と小母《おば》さんが書いたのは三十代の時である。人間は或る日急に死ぬのではない。それよりはるか以前から、肉体の機能の一部が死に、精神の働きが死ぬ。人間は本当は部分の死を体験し続けていくはずである。その死は、本当は三十代の初めから始まっているのかもしれない。運動選手のピークが二十代であることを思えばそれは証明できるであろう。

死は不成功ではないのである。死は前提であり、真実である。要はその死をどのように使うかである。死までの時間を、どのように生き切るかである、とおばさんが言う。

「ボクは猫よ　2」

30 死を怖がらない考え方

「あの方は、死ぬのがあんまり怖くないみたいなんです」

とシスター・内田は言った。

「あれほど仲のよかったご主人に、死ねばまた会えるんだから実に楽しみ、って言っているんですから」

「アバノの再会」

31 長生きについて

私が最近、暇さえあれば考えているのは、「人間がもし死ななくなったら」ということです。

死ななくなったらどんなにいいかと考えるのは本当に浅はかです。地球上に人が増えすぎるのだということは別としても、死ななくなったら、ほとんどすべての人は、精神の異常を来《きた》すでしょう。永遠ということは退屈を超えて、拷問だからです。

あらゆる病人はひどい病気のまま永遠に生きなければなりません。それも辛《つら》いことですが、七、八十年頑張ればいいのではなく、永遠に仕事をしなければならないということになったら、人間の意欲も才能も続きっこないに決まっています。第一、どんなに不幸でも自殺ができないというのも恐ろしいことですね。辛い人間関係を終わらせることができない、というのは拷問に等しいことでしょう。

「ブリューゲルの家族」

32 死を考えること

「死ぬことを考えてたの？」

「そう。僕、幸福な時ほど死ぬことを考えちゃうの」

「おかしな人ね。私なんか、幸福な時には、死ぬことなんかおよそ考えないわ」

「それが普通なんだよ」

翔は水緒を抱いて、耳から生え際のあたりをゆっくりと接吻《せっぷん》で覆った。

「幸福な時に死ぬことを考えたら、幸福でなくなっちゃうでしょう？」

「そんなことないんだよ。死ぬことを考えるから、今が倍も大切になるんだよ」

「夢に殉ず」

33 自殺は残された者への暴力行為である

今、貞春がその母娘のことを思い出したのは、自殺は残される者に対する精神的な暴力行為だということであった。真弓の中にも、自殺は復讐《ふくしゅう》だというからくりがわかっているはずである。彼女はあれほど自由に生かしてもらっているのに、さまざまな人間に復讐したいのであった。貞春、浅野氏、浅野夫人。それから、ついぞ彼女の支持者にならなかった世間全般に対しても、面当《つらあ》てに死んで、永遠に嫌な思いを味わわせてやりたいのであろう。

「神の汚れた手　下」

34 命は自分のものじゃない

「希望かどうかわかりませんけどね。ほんとは眼が見えなくなった時、死にたい、と思ったんですって。でも神父さまにそう言ったら、命ってのは自分のもんじゃないのに、勝手なことをするな、って言われたんですって。つまり自分が作るとか買うとかして手に入れた所有物でもないのに、勝手に使う権利はない、っていうことなのね」

「天上の青　上」

出典著作一覧（順不同）

【小説・フィクション】

『天上の青　上下』（新潮文庫）
『円型水槽　上下』（中公文庫）
『無名碑　上下』（講談社文庫）
『残照に立つ』（文春文庫）
『太郎物語　高校編』（新潮文庫）
『太郎物語　大学編』（新潮文庫）
『時の止まった赤ん坊』（海竜社）
『観月観世』（集英社文庫）
『二月三十日』（新潮文庫）

出典著作一覧

『神の汚れた手　上下』（文春文庫）
『夢に殉ず』（新潮文庫）
『陸影を見ず』（文春文庫）
『一枚の写真』（光文社文庫）
『哀歌　上下』（新潮文庫）
『ボクは猫よ』（WAC BUNKO）
『ボクは猫よ　2』（WAC BUNKO）
『ブリューゲルの家族』（光文社文庫）
『極北の光』（新潮文庫）
『アレキサンドリア』（文春文庫）
『寂しさの極みの地』（中公文庫）
『飼猫ボタ子の生活と意見』（河出書房新社）
『狂王へロデ』（集英社文庫）
『非常識家族』（徳間文庫）
『アバノの再会』（朝日文庫）

【エッセイ・ノンフィクション】

『完本　戒老録』（WAC）
『言い残された言葉』（光文社文庫）
『幸せの才能』（朝日文庫）
『なぜ子供のままの大人が増えたのか』（だいわ文庫）
『心に迫るパウロの言葉』（新潮文庫）
『中年以後』（光文社文庫）
『自分の顔、相手の顔』（講談社文庫）
『私日記　2　現し世の深い音』（海竜社）
『私日記　3　人生の雑事すべて取り揃え』（海竜社）
『昼寝するお化け』（小学館文庫）
『流行としての世紀末』（小学館）
『ほくそ笑む人々』（小学館）

『正義は胡乱』（小学館）
『生きるための闘い』（小学館）
『すぐばれるようなやり方で変節してしまう人々』（小学館）
『謝罪の時代』（小学館）
『安心したがる人々』（小学館）

※一部、出典著作の文章と表記や表現を変えています。

ＳＴＡＦＦ

帯の写真／田中良知
ＤＴＰ／昭和ブライト
校閲／顯川栄治
／小学館出版クォリティーセンター、小学館クリエイティブ
編集／小林潤子、園田健也（小学館）
販売／伊藤 澄
宣伝／安野宏和
制作／粕谷裕次

小学館新書

好評既刊ラインナップ

187
新史論／書き替えられた古代史3
聖徳太子と物部氏の正体
関 裕二
物部氏から蘇我氏、聖徳太子へ。歴史がダイナミックに動く中で結ばれた密約とは？ そして聖徳太子の正体が、今、明らかに！

205
働き盛りを襲う脳梗塞
内山真一郎
今、若年性脳梗塞の患者が増えている。しかし、正しく理解すれば予防も、再発の防止も可能になる。脳梗塞の最新知識を大公開。

208
問題です。2000円の弁当を3秒で「安い！」と思わせなさい【新装開店版】
山田真哉
ベストセラーの新装開店版がついに登場！ 消費税増税後の「会計士的リストラ策」など、得する「お金と会計の知恵」が満載！

211
だから日本は世界から尊敬される
マンリオ・カデロ
世界各国の駐日大使の代表「外交団長」である著者が語る、日本の文化の素晴らしさ。中韓にも大人の対応で当たれと熱く語る。

214
「黄昏のビギン」の物語
佐藤 剛
さだまさし、氷川きよしに薬師丸ひろ子…。多くのシンガーにカヴァーされる名曲はいかにして生まれ、知られるようになったのか？

曽野綾子

その・あやこ

作家

1931年東京都生まれ。聖心女子大卒。1979年ローマ法王庁よりヴァチカン有功十字勲章を受章。1993年恩賜賞・日本芸術院賞受賞。2003年文化功労者に選ばれる。2012年菊池寛賞を受賞。1995年から2005年まで日本財団会長。1972年からNGO「海外邦人宣教者活動援助後援会」を始め2012年まで代表を務めた。著書に『神の汚れた手』『哀歌』『アバノの再会』(以上、小説)、『老いの才覚』『人間にとって成熟とは何か』『風通しのいい生き方』(以上、エッセイ)など多数。

小学館新書 216

人間になるための時間

二〇一四年八月六日　初版第一刷発行

著者　曽野綾子

発行人　伊藤礼子

発行所　株式会社小学館

〒一〇一―八〇〇一　東京都千代田区一ツ橋二―三―一

電話　編集：〇三―三二三〇―五一一七

販売：〇三―五二八一―三五五五

装幀　おおうちおさむ

印刷・製本　中央精版印刷株式会社

Printed in Japan　ISBN 978-4-09-825216-9